손바닥만한 희망이라도

손바닥만한 희망이라도

인물검색에 안 나오는 카페아저씨의 산문

박승준 지음

오르골

| 일러두기 |

* 맞춤법과 외래어 표기는 현행 '한글 맞춤법 규정'과
  《표준국어대사전》(국립국어원)을 따랐다. 단 글의 흐름상 필요한 경우,
  관용적 표기나 작품명은 그대로 살렸다. 알바생, 올드맨, 고로케, 〈빽 투 더 퓨처〉 등.
* 책·정기 간행물은 《 》로, 영화·노래·방송 등은 〈 〉로 표기했다.
* 본문의 각주는 저자가 쓴 내용이다.
* 인용 출처는 본문에 풀어쓰거나 각주로 달았다.
* '준자'는 저자가 지은 필명 겸 자호다.

시작하며

바둑은 검은 돌과 흰 돌을 번갈아 놓는 게임이다. 검은 돌은 연거푸 두 번 놓고, 흰 돌은 한 번만 놓을 수는 없다. 반대의 경우도 마찬가지다. 한 번씩 번갈아 놓으면 바둑판에는 검은 돌과 흰 돌이 절반씩 놓이게 된다. 삶은 여러 가지에 비유되지만 바둑도 그중 하나다. 기쁘고 좋은 일을 검은 돌로, 슬프고 안 좋은 일을 흰 돌로 친다면 삶에는 기쁜 일과 슬픈 일이 각각 절반씩 된다.

바둑을 두기 위해서는 이 게임에 필요한 규칙을 배우고 익혀야 한다. 뿐만 아니라 그 규칙을 지켜야 한다. 바둑을 두다 보면 이기고 싶은 욕심에 혼자서 두 번 놓고 싶은 마음이 생기기도 한다. 중요한 판인 줄 알지만 불계패를 선언해 버리고 싶을 때도 있다. 또 어떤 때는 내가 속아 넘어가기를 기다리는 상대방이 꼴도 보

기 싫게 느껴진다. 아, 내가 이런 수를 생각해 내다니 하고 자화자
찬하는 경우도 있다.

이 책은 내 인생을 담은 한 판의 바둑이다. 초반 포석은 물론 중
반의 전투와 세력 싸움도 어느 정도 지났다. 바둑의 목적은 이기
는 데 있다. 하지만 꼼수를 쓰거나 속수(俗手)를 써서 이긴들 칭찬
받지 못한다. 나는 내 바둑에서 꼼수를 쓰지는 않았다고 생각한
다. 속수를 두긴 했겠으나, 적어도 내가 생각할 수 있는 범위에서
는 피하려고 했다.

나는 인생의 3분의 1 가까이를 라디오와 TV 피디(PD)로 살았다.
긴 시간이다. 피디는 무언가를 기록하는 자이며, 누구에겐가 이야
기를 건네는 사람이다. 오랜 직업의식은 시간이 지나며 DNA화했
다. 그 흔적이 이 책이다. 이 책에 실린 글 하나하나는 내 삶이라
는 바둑판에 놓인 돌들이다. 흰 돌도 있고 검은 돌도 있다.

부모님이 살아 계실 때, 우리 가족들이 살아가는 이야기를 나누
던 인터넷 공간이 있었다. 거기에 실었던 글 중 일부를 이 책에
가져왔다. 어떻게 살아야 하는지에 대한 고민도 담았다. 누군가
이미 경험했을 일들이지만 나에게는 처음이었고 특별했던 일들이

기에, 기억에 남기고 싶었다. 직장 생활만 하던 내가 늦은 나이에 자영업을 시작한 후 난생처음 겪어본 어려움도 많았다. 비슷한 어려움을 겪는 이들에게 조금이나마 도움이 되었으면 하는 주제넘은 생각에 그 일들도 기록했다. 이 과정이 나에게 소중한 것은 글을 쓰는 시간이 큰 즐거움이었기 때문이다.

아직 바둑이 남아 있지만, 끝내기를 보다 잘하기 위해 이제까지 두어온 수들을 복기하는 심정으로 이 책을 낸다. 비슷한 수순을 밟아온 사람들이나, 아주 다른 형태의 바둑을 선호하는 사람 누구에게든 도움이 되는 한 판이었으면 한다. 그들에게 '손바닥만한 희망이라도' 전할 수 있다면, 그래서 이 책을 읽기 전보다 조금 더 행복해지면 좋겠다.

한 수 한 수 놓을 때마다 사람을 생각했다. 부모님과 조부모님, 피를 나눈 형제들, 피를 나눈 형제들보다 가까운 나의 아내, 학창 시절과 직장에서 함께했던 선후배와 친구들, 바둑을 지켜보는 관객들. 때로는 그들의 눈치를 보았고, 때로는 내 마음대로 두어보려고 했다. 그래 봤자 361개의 교차점 아닌 곳에 둘 수 없는 줄 알면서도 바둑판 밖으로 나가고 싶기도 했다.

이깟 바둑을 기보로 남길 필요가 있을까 생각하면서도 한 판밖에 둘 수 없는 바둑이기에 욕심을 냈다. 기보를 정리하는 귀찮은 과정을 즐겁게 감당해 준 도서출판 오르골 대표에게 깊은 감사를 전한다. 나의 부모님과 형제들, 그리고 나를 아는 모든 사람들에게 감사를 전한다. 그들은 어떻게든 이 책이 나오는 데 도움을 주었다. 이 바둑에서 기억할 만한 좋은 수가 있다면 그건 전적으로 내 아내의 조언 덕이다.

2016년 늦가을, 준자 박승준 쓰다

차례

4

준자의
낭만일기

1 삶은 늘 진행형이다

화무십일백

(花無十日白)

비가 오고 바람이 분 탓일까. 일주일 전 흐드러지게 피어난 꽃들이 어제를 기억 못하는 하루살이처럼 다 떨어지고 있다. 목련의 소담스러움도, 벚꽃의 화사함도 모두 과거의 일이 되어간다.

꽃이 질 때의 검누런 모습 때문에 목련은 그 값이 어쩔 수 없이 평가절하된다. 하지만 벚꽃은 핀 모습만큼이나 지는 모습도 인상적이다. 꽃이 피어날 때는 화려무비(華麗無比)하고, 질 때는 처연무비(悽然無比)하다. 세차게 비바람이라도 불면 무수한 꽃잎이 하루아침에 다 떨어져버리기도 한다.

오늘 오후 주차장에 차를 댈 때도 그랬다. 느긋한 봄바람이지만 벚꽃잎을 떨구기에는 충분했다. 수많은 벚꽃잎이 각자 다른 궤적을 그리며 허공을 수놓는다. 아…름…답…다. 나이 탓일까. 아름답다는 느낌에 시계가 거꾸로 돌기 시작했다.

오래전. 대학 정문 옆에 커다란 벚나무가 있었다. 4월이었던 걸로 기억한다. 토요일 하굣길에 본, 눈 같기도 하고 솜 같기도 한 흰색 꽃잎을 뒤집어쓴 벚나무의 모습에 정말로 숨이 막힐 듯했다. 이틀 후 월요일의 등굣길. 그 흰 꽃잎 대부분은 젖은 땅바닥에 떨어져 있었다. 전날의 거센 비 탓이다. 몇 남지 않은 꽃잎이 세찬 바람에 흩날렸다. 토요일과 월요일 사이, 불과 하루 만에 사라져 버리는 벚꽃의 운명….

떨어지는 꽃잎에 대한 또 다른 기억. 내가 십 대 시절에 본 영화가 있다. 〈유성호접검(流星蝴蝶劍)〉. 자객을 주인공으로 한 홍콩 영화다. 자객은 사랑을 해서는 안 된다. 사랑에 빠지면 집중력이 흐트러지고 킬러의 본능에 충실할 수 없다. 그 결과는 물론 죽음이다.

하지만 주인공인 당대 최고의 자객은 그 사실을 알면서도 한 여인과 사랑에 빠진다. 그 여인을 처음 만나게 되는 신(scene)에서 꽃잎이 난분분 날렸다. 그 순간 자객은 자신의 미래를 결정했다.

"순간에 사라질 유성이라도 좋고, 봄이 지나면 사라질 나비라도 좋다."

  손바닥만한 희망이라도

그 순간이 이미 영원인데, 다가오지 않은 미래가 무슨 의미가 있겠는가. 자객은 그 순간 영생을 얻었는지도 모른다. 당대 최고라는 명예도 무의미하게 생각했는지 모른다. 그 장면을 이렇게 또렷이 기억하는데, 결말은 잘 기억나지 않는다. 자객이 죽었던가, 아님 안 죽었던가.

오래전의 모호한 기억을 또렷한 현실이 밀어낸다. 벚꽃을 암살한 자객처럼 연보라 라일락이 무리지어 피고 있다. 삶은 이렇게 변전(變轉)한다.

화흥에 겨운 봄날 저녁. 무사히 끝난 치과 치료를 자축하며 마신 술에 취기가 오른다. 마루에서 아내가 음반을 틀었다. 모차르트인가, 아님 하이든인가.

삶은 늘 진행형이다

글을 쓰다 보면 마침표를 찍는다. 끝났다는 의미다. 하지만 과연 그런가? 그게 끝인가? 지금 이 문장 앞에는 두 개의 마침표가 있다. 그렇다면 그 마침표는 끝이기도 하고 아니기도 하다. 무슨 거창한 이야기를 하려는 게 아니라, 지금 내 얼굴을 들여다보면서 스스로 위안을 삼고자 중얼거리는 말이다.

지난 토요일, 얼굴에 생긴 크고 작은 점을 제거하는 치료를 받았다. 왼쪽 눈 밑의 사마귀도 떼어냈다. '사마귀' 하니까 할머니가 생각난다. 어린 시절, 할머니는 우리 몸에 사마귀가 생기면 가지로 문질러주시곤 했다. 기억은 분명치 않으나 사마귀가 없어졌던 것 같다.

돌아가신 할머니를 떠올리며 간혹 가지로 눈 밑의 사마귀를 문질렀으나 효과가 없었다. 치료법 자체의 문제인지, 불성실함 때문인지는 모르겠지만. 가지를 이용한 사마귀 치료법을 믿지 않던 아내는 빨리 병원에 가라고 종용했고, 나는 차일피일 미뤘다.

결국 지난 토요일에 병원을 찾았다. 한 시간여에 걸쳐 레이저로 얼굴 전체의 3분의 1쯤을 치료했다. 지금 얼굴을 보니, 피부재생 테이프를 붙인 꼴이 참으로 가관이다. 이걸 보면서 며칠 후의 결과를 떠올려본다. 며칠만 있으면 나아질 거다. 나아진다. 조금 기다리자. 조금만 기다리면 된다.

그러다 깨달았다. 이 과정이 없으면 '도자기 피부'라는 좋은 결과도 없다. 이 피부 질환의 중요 속성은 재발이란다. 몇 년 지나면 또 치료를 받아야 한단다. 그렇다면 며칠 후 찾아올 도자기 피부는 또다시 나쁜 피부로 나아가는 과정의 일부다. 이 글들의 마침표처럼.

이차로 깨달았다. 지금의 내 얼굴을 보며 안타까워할 일도 아니고, 며칠 후의 매끈한 내 얼굴을 보며 기뻐할 일 또한 아니다.

며칠째 이상한 내 얼굴을 계속 들여다보노라니, 마치 작가 이상(李箱)처럼 내가 이상(異常)해지고 있다.

우연과 필연

    삶은 우연(偶然)과 필연(必然)의 교직으로 이뤄져나가는 게 아닐까. 어떤 것이 우연이고, 어떤 것이 필연인지 구분이 모호한 경우가 대부분이지만. 지금부터 그 우연과 필연에 대해 생각해 보려한다. 이유는 물론 나의 개인적인 상황과 연관이 있다.

    아버지 생신이었던 지난달 29일, 남동생과 저녁을 같이 먹었다. 연희동의 중국음식점 E에서. 남동생은 같은 부모에게서 태어났으니, 우연과 필연으로 나누어보면 아마도 필연일 터. E는 부모님을 비롯한 가족들과 자주 가던 식당이니까 그것도 필연 같다. 하지만 부모님 돌아가시고는 한 번도 안 가다가 이날 처음 갔으니, 이건 우연인가.

    나의 아내는 30년쯤 전 이런 소리를 했다.

    "운명은 앞에서 날아온 돌이고, 숙명은 뒤에서 날아온 돌이다."

이십 대 초반의 여성이 무슨 심오한 의미로 이야기한 것 같지는 않다. 둘이 만나는 의미에 대해 나름대로 정리를 하려고 꺼낸 말 같다. 운명은 피할 수 있지만, 숙명은 피할 수 없다는 의미 정도일까.

바둑에서 쓰는 용어 중에 '외길수순'이라는 것이 있다. 어떤 특정한 상황에서는 그렇게 두어나가는 방법이 가장 좋다는 뜻이다. 필연이다. 하지만 바둑에서는 늘 다른 선택이 가능하다. 필연에 우연으로 대응하는 것이다. 그러면 그 결과는 필연인가, 우연인가.

지금으로부터 약 석 달 전, 나는 '성신여대앞'이라는 곳을 처음 찾았다. 월세가 너무 비싸 운영이 어려운 첫 번째 카페에, 두 번째 카페의 낮은 월세로 물을 타는 포트폴리오를 짜기 위해서였다. 누가 들으면 정신 나간 소리라고 할지도 모른다. 첫 번째 해서 안 되면 접어야 되는 거 아니냐고. 하지만 이때 내게는 선택의 여지가 없었다.

50여 년 만에 난생 처음 와본 곳이니, 우연일 가능성이 크다. 나는 이곳에서 매물로 나온 카페를 또다시 우연히 발견했다. 월세도 낮고, 권리금도 크지 않다. 매출이 높을 가능성이 없다는 뜻이다. 계약을 할까 잠깐 고민하다가 머릿속에서 지웠다. 필연이 아니라고 생각했다.

한 달 후. 혹시 다른 매물이 나왔나 하고 다시 찾았다. 이 카페는 여전히 팔리지 않고 있었다. 그사이 다른 동네를 여러 군데 알아봤는데 마땅치 않았다. 결국 계약하기로 마음먹었다. 3월 말이었다. 그리고 5월 1일부로 카페를 인수했다.

약 두 주간의 인테리어 공사 후 오늘 영업을 시작했다. 저녁 어스름이 깔리는 지금, 창가 쪽 테이블에 앉아 접이식 창문을 열었다. 시원한 저녁 바람을 쐬며 이 글을 쓰고 있자니, 내가 여기에 있는 것이 우연인지 필연인지 알 수가 없다. 하긴 우연이면 어떻고 필연이면 어떤가.

어쨌든 나는 또다시 우연과 필연의 모호한 경계에 서서, 필연과 우연의 교직인 삶을 생각한다.

손바닥만한 희망이라도

추석 명절이 지나간다. 이맘때면 신문에 자주 등장하는 얘기가 명절에 벌어지는 가족 간의 갈등을 극복하는 방법이다. 홈쇼핑에서는 명절 연휴 후반이면 보석류와 여성 의류, 핸드백 등을 판매한다. 명절에 고생한 주부들을 위한 배려라고 한다. 물론 장삿속과 무관하지 않을 것이다. 명절 후 한동안 이혼율이 높아진다는 것도 널리 알려진 사실이다. 이렇게 되면 도대체 누구를 위한 명절인지 알기 어렵다.

명절이 즐겁지 않은 것은 자영업자들도 마찬가지다. 가게 문을 닫고 쉬자니 손님들이 올 텐데 이래도 되나 하는 생각이 든다. 그래서 손님이 없을 것으로 예상하면서도 휴업을 하지 못하고 가게 문을 열어야 하는 경우가 대부분이다. 이건 쉬는 것도 아니고, 장사하는 것도 아닌 어정쩡한 상황이다.

명절을 힘들게 보내야 하는 사람들에게 명절의 시작은 재난과 불행이 가득한 '판도라의 상자'가 열리는 것과 비슷하다. 판도라의 상자 이야기는 인간 사회의 행과 불행을 설명하기 위해 아이디어를 쥐어짜낸 느낌을 준다. 그럼에도 수천년 동안 회자되는 까닭은 그 안에 상당한 진리가 담겨 있기 때문일 것이다.

　온갖 재난이 쏟아져나온 상자 맨 밑바닥에 희망이 있었다는, 앞뒤 안 맞는 이야기. 그런데 사람들은 그 희망 때문에 힘겨운 오늘을, 고통스런 하루를, 주저앉고만 싶은 현실을 버텨낼 수 있다.

　판도라의 상자를 떠올리는 사람은 기쁘고 즐겁고 유쾌한 상황에 있는 이는 아닐 것이다. 명절을 맞은 6형제 종갓집의 맏며느리나 둘째 며느리쯤 될지 모른다. 그들이 명절을 버틸 수 있는 힘은 며칠만 지나면 명절은 끝나고, 다시 자신의 삶의 자리로 돌아갈 수 있다는 희망 때문이다. 희망은 희망이지만 참으로 궁색하다. 궁색해도 희망은 희망이다. 희망은 현재를 견디게 해주는 마취제이며, 미지의 앞날을 기다리게 하는 힘이다.

　나도 희망으로 버티던 시절이 있었다. 직장 생활을 몇 년인가 했을 때다. 출근길 라디오 방송에서 나온 멘트에 귀가 솔깃했다. "행복은 욕망에서 능력을 뺀 값에 반비례한다." 듣는 순간에는 뭘 이렇게 복잡하게 말하나 싶었지만, 차에서 내려 곱씹어보니 그럴듯했다. 욕망이 크고 능력이 작으면? 불행하지. 욕망은 작고, 능

력이 크면? 음, 행복하군. 그렇다면 가장 불행한 경우는? 능력은
별 볼일 없는데 욕망은 한정 없이 큰 사람. 당연한 이야기다.

그런데 내가 이 문장에 '꽂힌' 이유는 무엇 때문일까. 아마도 그
무렵 나는 별로 행복하지 않았던 모양이다. 원하는 일을 하고, 매
월 정해진 때 꼬박꼬박 월급을 받는데도 행복하지 않았던 모양이
다. 이제는 그 이유조차 잊어버렸다.

그렇게 나는 행복하지 않았지만, 내일을 생각하면서 하루하루를 열심히 살았다. 희망 때문이었을 것이다. '내일은 조금 더 나아질 수 있다. 내일은 조금 더 나아지도록 해봐야겠다'라는 막연하지만 포기할 수 없는 희망.

그 무렵 여행은 내게 구체적이고 확실한 희망이자 탈출구였다. 그 때문에 나는 포기하지 않았다. 1년에 단 며칠 여행을 하고 싶은 욕망과 현실을 떠날 수 있다는 희망 때문에. 이 희망에 취해서 1년이라는 시간을 기다렸고, 여행 다녀온 후에는 진통제를 맞은 사람처럼 한동안 버텨냈다.

얼마 전 나는 미국의 스코트 니어링과 헬렌 니어링 부부가 쓴 《조화로운 삶》이란 책을 읽었다. 대학교수였던 스코트 니어링과 그 아내가 뉴욕을 떠나 시골에서 20년간 살아가는 과정을 기록한 책이다.

그 부부의 생활은 욕망과 절제를 어떻게 조화시킬 수 있는지 보여준다. 돈의 노예가 되지 않으려는 두 사람의 노력, 아침은 과일, 점심은 수프와 곡류, 저녁은 채소로 이루어진 소박한 식사. 그 대부분은 자신들이 직접 재배한 것이다. 매일매일 거르지 않는 반나절의 노동. 전문가가 아님에도 직접 집까지 짓는다.

《조화로운 삶》 뒷부분에서 니어링 부부는 20년에 걸친 시골살이를 평가해 본다. 일반적인 기준에서 보자면 성공한 삶이었다고 하기 어렵다. 하지만 니어링 부부처럼 치열하게 산다면 그 과정만으로도 기쁠 수 있을 듯하다. 현대인보다는 원시인에 가까운 니어링 부부의 삶. 그들을 사회주의자든 공산주의자든 무엇으로 칭하든 간에, 요즘 우리나라 뉴스에 자주 등장하는 고관, 부자, 사기꾼들보다는 훨씬 더 행복했을 것 같다. 그들을 지탱해 준 건 희망이었을 것이다. 자신들이 꿈꾸는 삶을 현실에서 실현할 수 있으리라는 기대와 희망.

나 자신을 돌이켜본다. 지난 시간들 중 마음 편하고, 몸도 편하고, 행복에 겨워 어쩔 줄 몰랐던 때가 있었던가? 학생 시절은 그 나름대로 힘들었고, 군대는 물론 지겹고 힘들었다. 직장 생활은 위에서 이야기한 바와 같다. 현재는? 20년 넘게 했던 직장 일처럼 익숙한 일도 힘든데, 자영업이라는 새로운 일이 힘들지 않을 턱이 있는가.

힘들었던 순간들에도 삶이라는 상자 밑바닥에는 판도라의 상자처럼 희망이 있었나 보다. 대학에 진학하면 자유로워질 것이라는 희망, 입대 첫날부터 신기루처럼 바라보던 제대라는 희망. 시청률과는 무관한 방송이었지만, 시청자들의 피드백(feedback)에 보람을 느끼던 피디 생활, 그리고 매해 손꼽아 기다리던 여행.

이제, 명절을 보내며 자문해 본다. 지금 희망이 있는가? 매년 반복되는 명절을 보내면서도 여전히 생각 많은 자영업자인 나에게 희망이 있는가? 풍선은 바늘 끝만한 구멍에 터진다. 그만한 희망은 있지 않을까. 하물며 수년째 자영업을 하며 버티고 있는 나에게 손바닥 크기 정도의 희망은 있지 않을까⋯.

지키지 않을 약속을 왜 할까

아침 일찍 집 앞 병원을 찾았다. 고혈압 때문에 정기 진료차 병원에 온 것이다. 9시 5분 전 진료실 앞에 앉았다. 진료실 문에는 '진료'라고 표시돼 있었다. 기다리는 환자도 몇 명 있다. 10분 가까이 기다렸지만 진료실에서는 아무런 소리도 없다.

간호조무사에게 물었다. 진료 중이시냐고. 그렇단다. 그런데 과장님(의사)이 안 계신 거 같다고 했더니 회진 중이시란다. 물론 입원 환자 회진도 진료일 수는 있겠으나, 외래에서의 진료는 진료실에서 환자를 보는 것 아닌가? 언제쯤 오실 거냐고 다시 물었다. 모른단다. 내 앞의 대기환자 수를 또다시 물었다. 두 명이란다. 나는 카페 오픈 시간 때문에 결국 진료를 포기하고 출근길에 나섰다.

요즘 한 일간지에서 '노쇼(No-Show)'를 없애자는 캠페인을 벌이고 있다. 예약을 해놓고, 연락도 없이 나타나지 않는 예약 부도를 없애자는 캠페인이다. 노쇼가 문제 되는 것은 식당뿐만이 아닌 모양이다. 술집이나 카페의 경우도 그렇고, 기차·고속버스·비행기 예약의 경우도 그렇다고 한다. 못 올 사정이 생기면 예약 취소 전화를 해야 할 텐데, 그런 '상식적인' 손님은 아주 드문가 보다.

내가 오늘 아침에 겪은 일은 오히려 그 반대다. 9시부터 진료라면 의사는 적어도 5분 전에는 환자 볼 준비를 마치고 있어야 하는 것 아닐까. 우리 사회의 야만성(표현이 과한 듯하지만, 실제로 겪어보면 결코 과하지 않다)을 잘 나타내는 갑과 을의 관계로 정리해 보면 이해가 쉽다. 의사는 갑이고, 환자는 을이다. 갑은 마음대로 행동한다. 을은 아무 소리 못하고 기다린다. 예약한 손님은 갑이고, 식당은 을이다. 갑은 자기 사정에 따라 마음대로 예약을 무시해 버린다. 이렇게 갑은 을에게 거리낌 없이 아무 행동이나 한다. 그리고 그게 통용된다. 야만적이다.

지난 월요일 아침 카페 전화벨이 울렸다. 오후에 단체 예약을 한다는 전화였다. 일전에도 카페를 찾은 적 있는 교수'님'의 전화였다. 무려 열두 명이 오겠다고 한다. 나는 그 예약석에 앉으려는 손님에게 일일이 예약 시간 전에 나갈 것인지 확인을 한 다음 자리에 앉도록 했다.

예약 시간 40분 전. 예약석 세 테이블에 앉았던 손님은 모두 자리를 떴다. 나는 테이블에 예약 표시를 세워놓고, 그때부터 단체

손바닥만한 희망이라도

손님을 기다리기 시작했다. 지난번에도 약속을 지킨 손님이라서 걱정은 하지 않았지만 혹시나 하는 마음이 조금은 있었다.

예약 손님들은 정확하게 약속된 시간에 카페에 들어섰다. 나는 주문에 맞춰 정신없이 음료와 브레드를 만들었다. 그리고 내 퇴근 시간을 넘겨 단체 손님이 나갈 때까지 일했다. 교수님은 카페를 나서며 고맙다 인사했고, 나도 정중하게 감사 인사를 전했다.

오늘 아침 일이 다시 생각난다. 약속 시간에 식당에 들어섰는데, 주방장이 자리를 비워 음식을 내줄 수 없다고 한다면? 황당할 것이다. 반대의 경우는 앞서 이야기한 바와 같이 너무나 흔해서 그러려니 해야 할까? 스무 명쯤 단체 예약을 받은 식당 주인은 다른 손님을 다 돌려보냈는데 아무 연락 없이 예약 손님이 오지 않는다면? 이게 어떻게 당연한 일일 수 있겠는가.

이런 한심한 상황을 글로 적고 있노라니 마음이 편치 않다. 더군다나 그 상황이 쉽게 개선될 가능성이 없어 보인다면… 내가 이민을 생각하는 이유 중의 하나다.

길을 걸으며 배우다

지난주 연례행사인 장염으로 혹독하게 고생을 한 후 다시 운동을 시작했다. 출근하기 전 새벽에 50분쯤 동네를 걷는다. 시간 여유가 있는 날은 한강 둔치까지 내려간다. 어둠이 걷히지 않은 새벽의 한강은 침묵하는 수도승 같다. 간혹 물속에서 갑자기 튀어오르는 물고기가 정적을 깬다. 오늘은 평소보다 더 일찍 잠이 깨서 한강 둔치까지 내려갔다. 너무 이른 탓인지 운동하는 사람이 한두 명밖에 안 보인다.

동네 큰길과 한강 둔치를 연결하는 뒷길은 아주 좁다. 두 사람이 옆으로 서서 지나가면 조금 남고 세 사람이 서면 빠듯하다. 이 길로 자전거도 다닌다. 자전거는 당연히 내려서서 끌고 가야 할 텐데, 탄 채로 속도를 줄이지 않고 가는 사람들도 있다.

집으로 돌아오는 길. 그 좁은 길에서 멀리 앞을 보니까 세 사람이 나란히 걸어온다. 잠시 고개를 내려 땅을 보다가 다시 고개를 드니 한 명만 보인다. 터널처럼 돼 있어 다른 데로 갈 수도 없는데, 무슨 조화일까.

세 명 중 두 명이 한 사람 뒤로 숨었다. 지나치며 보니 외국인이다. 한 가족으로 짐작되는데, 젊어 보이는데도 머리가 반쯤 벗겨진 남자, 그 뒤로 열 살쯤 돼 보이는 금발의 여자아이, 일고여덟 살 돼 보이는 사내아이, 이렇게 세 명이다. 옆으로 서서 오던 두 아이가 나를 본 순간 곧바로 아빠 뒤로 가서 한 줄을 만든 것이다.

무서운 자전거와 한 줄로 늘어선 세 명. 그 차이는 어디에 기인하는 걸까. 이른바 문화 수준이 높은 나라를 여행할 때, 낯선 곳이지만 불안함과 함께 편안함을 느끼는 이유가 이와 무관하지 않다고 본다. 배려보다는 경쟁이 삶에서 더 큰 비중을 차지하는 우리 사회. 그 경쟁의 절정인 추석 연휴를 앞두고 '배려' 따위나 생각하는 나는 어쩌면 사회 부적응자이거나 경쟁 낙오자인지도 모르겠다.

나는 생각한다, 고로 쓴다

직장 생활은 어쩔 수 없이 수동적으로 움직여야 할 때가 많다. 반면 자영업은 좀더 자유롭게 시간을 쓸 수 있다. 직원을 두고 있는 한가한 카페에서 주인이 할 일은 거의 없다. 매출을 어떻게 늘릴지 고민하는 일이야 자영업자의 숙명이고, 그 외에는 고민할 일도 많지 않다.

시간이 많아진 나는 스스로에게 과제를 부여했다. 매일 한 꼭지 이상의 글을 쓰는 것이다. 그 글은 논문도 아니고, 시도 아니고, 시간에 쫓기는 기사도 아니고, 특정 주제를 소화해야 하는 칼럼도 아니다.

굳이 분류하자면 수필(隨筆)이라 할 수 있겠으나, 그렇게 부르니 학창 시절 교과서에 실렸던 기라성 같은 작가들이 떠올라 왠지 '아닌 듯'하다. 그래서 잡문(雜文)이라는 단어로 바꿔본다. 잡문의

손바닥만한 희망이라도

풍선은 바늘 끝만한 구멍에 터진다.
그만한 희망은 있지 않을까...

'잡' 자에는 비하의 의미가 들어 있어 조금 걸리지만, 현재까지 생각한 분류 중에는 가장 적절해 보인다.

글을 쓴다는 것은 흙이 담긴 그릇에서 맑은 물을 길어내는 과정과 비슷하다. 그릇의 깊이가 깊으면 바닥에 흙이 있어도 맑은 물을 긷기 쉽다. 충일(充溢)하여 흘러넘치는 물을 모을 수 있다면 더 쉬워진다. 그러기 위해서는 '충'하고 '일'하면 될 일이다. 가득 차서 흘러넘치면 된다. 가득 차지 않은 그릇에서 물을 퍼내려면 떠내는 그릇으로 물을 휘저어야 하고, 그렇게 되면 흙이 뒤섞이는 것을 피하기 어렵다.

가득 차도록 하기 위해서는 많이 읽고 생각하는 것 외에 다른 방법이 없다. 책을 읽든, 인터넷에 올라온 정보를 읽든, 어쨌든 많이 읽어야 한다. 특히 '좋은 작가'의 좋은 글을 많이 읽는 것이 첫 번째다. 동시에 많이 생각해야 한다. 책을 보고 생각하고, 잡지를 보고도 생각하고, 만화나 영화를 보고도 생각한다. 지나가는 사람을 보고도 생각하고, 운동할 때도 생각하고, 여행을 다니며 또 생각한다. 생각하는 행위에 대해서도 생각해 본다.

보고 읽고 생각하는 데 그치지 말고, 그때그때 떠오른 단상을 기록한다. 특히나 좋은 글귀를 읽고 나서 기록해 두는 것은 글쓰기에 많은 도움이 된다.

많이 읽고, 보고, 생각하는 것. 당연한 이야기다. 하지만 그 당연한 것을 하지 않고 글쓰기가 어렵다고 말하는 것은 칼 한번 잡아보지 않고 요리를 잘하려는 것만큼 어불성설이다.

그 다음으로는 자신이 잘 아는 것, 잘하는 것에 관하여 글을 쓴다. 대학교수, 박사라고 해도 모든 지식을 알 수는 없다. 그들은 주로 자신의 전공 분야에 관해 이야기하므로 무지하다는 비판을 피하기는 쉽다. 하지만 자신이 잘 모르는 분야를 이야기하다 보면 무지하다는 지적도 받고, 글을 쓸 때 무리수를 둘 수도 있다. 어쩌면 지금 이 잡문을 쓰는 나처럼.

글쓰기에 관해 이야기할 때 늘 떠오르는 영화 한 편. 구스 반 산트 감독, 숀 코네리, 롭 브라운 주연의 〈파인딩 포레스터〉. 천품(天稟)의 재주를 타고난 자라도 글 쓰는 훈련을 하지 않으면 좋은 글을 쓸 수 없다는, 평범한 가르침을 비범하게 전하는 영화다.

충격적이었던 이 영화의 한 장면. 주인공 숀 코네리가 앞에 앉은 문하생과 이야기를 나누면서 타자기로는 글을 치는 모습이 나온다. 이 장면을 보면 한 손으로 삼각형을, 다른 한 손으로 사각형을 동시에 그리는 일쯤은 아무것도 아니라고 느끼게 된다. 좋은 글을 쓰려면 정직하고 솔직해야 한다는 가르침도 진부하지 않게 와 닿는다. 이 덕목만 새겨도 표절 시비는 없어질지 모른다. 너무 교훈적이라고? 안 봤으면 한번 보라.

글쓰기에 관하여 글을 쓰는 일. 국문과 교수나 문예창작과 교수도 부담 가질 일이다. '무지가 용감하다'고 자학할 마음은 없다. 50여 년을 읽고 생각하며 살았으니, 이 정도는 이야기해도 되지 않을까 싶다.

손바닥만한 희망이라도

다르다와 틀리다

나는 방송의 순기능에 좋은 점수를 주지 않는 편이다. 내가 방송의 순기능으로 드물게 인정하는 몇 가지 가운데 하나는 바른 언어 사용에 작게나마 기여했다는 점이다.

일례로 '우리나라'를 '저희나라'로 이야기하는 경우다. 얼마 전까지 이런 사태가 벌어지면 방송 진행자들은 경기라도 일으키듯 놀라며, "예, 우리나라죠" 하는 식으로 정정했다. 그 결과 최근에는 저희나라라고 이야기하는 방송 출연자들은 가물에 콩 나듯, 아니 도정한 쌀의 뉘 정도로 줄어들었다.

심지어 TV 아침 프로그램 진행자로 이름을 날리는 여성 MC는 한 출연자가 저희나라라고 하는데도 불구하고 바로잡지 않았다. 최근에 내가 직접 본 사례다. 프로그램의 흐름을 중요시함과 동시에 시청자들의 수준을 나름 인정한 행동이리라. '시청자들도 이 정도는 다 알 것'이라고 생각한 대범함이 아니었나 싶다.

방송의 순기능 예의 다른 하나로 '다르다'와 '틀리다'를 들 수 있겠다. 누가 이런 걸 틀릴까 싶지만 현실은 달랐다.

"그렇게 이야기하니까 느낌이 완전히 틀린데요…." 적지 않은 사람들이 이처럼 다르다를 써야 할 곳에 틀리다를 쓰고 있었다. 반면 틀리다를 써야 할 곳에 다르다를 쓰는 예는 많지 않았다. "그건 틀린 답이야" 대신 "그건 다른 답이야"라고 하는 사람은 없다. 다르다와 틀리다도 방송에서 꾸준히 노력한 결과 많이 바로잡힌 듯하다.

며칠 전 내 퇴근 시간이 가까워졌을 때 여남(女男)* 커플이 들어왔다. 내 예상대로 두 사람은 맨 구석 테이블에 자리를 잡았다. 나는 그 커플이 공공장소에서 부적절한 행동을 하지 않을까 신경 쓰기 시작했다. 혹시라도 그런 행동을 하면 한마디 해야지 하는 차에 내 뒤에 근무할 알바생(아르바이트생)이 출근했다. 예정된 출근 시간보다 조금 빨리 출근한 알바생이 고마웠다. 안 그랬으면 내가 그 커플에게 '도를 넘은' 행동을 했을지 모른다.

나는 알바생에게 요주의 손님이라며 그 커플을 가리켰다. 알바생은 "다른 손님들은 신경 쓰지 않을걸요. 요즘은 개인주의 시대

---

* 남녀를 여남으로 쓰고 보니 느낌이 많이 다르다. 카페 카덴차가 여대 앞에 있음을 잊지 말자!

손바닥만한 희망이라도

잖아요"라고 쿨(cool)하게 이야기함으로써, 나의 신경질적 반응을 좀더 핫(hot)하게 만들었다.

이어서 알바생이 덧붙였다.

"사장님, 지금 사장님이 반응하신 것 같은 행동을 우리 아빠가 하시면 제가 뭐라는지 아세요?"

"뭐라고 하는데(들이대는데)?"

"아빠 참 오지랖도 넓어."

이이제이(以夷制夷) 공격에 속수무책으로 당한 꼴이 되었다.

나는 집으로 가는 차 안에서 생각했다. 혹시 내가 요즘 젊은이들이 나와 다른 것을 틀린 것으로 여긴 게 아닌가. 다르다와 틀리다처럼 단순한 것도 혼동하면 어떡하느냐던 내 생각에 혼란이 오는 순간이었다.

오백만 스물하나, 오백만 스물둘

오래전에 신문에서 본 내용이다. 새로 만들어내는 자동차 문의 내구성을 테스트할 때 '백만' 번을 여닫는다고 했다. 하루에 열 번 여닫는다고 가정하면 무려 10만 일이 지나야 백만 번이 된다. 백만 번 여닫을 수 있는 문이라면 꼬박 300년 동안은 별 문제없을 거라는 계산이 나온다.

건전지가 오래간다는 걸 표현하기 위해 건전지 모양 인형이 팔 굽혀펴기 하는 광고를 본 적 있다. 그때 등장하는 숫자도 백만이다. 건전지 인형이 팔을 굽혔다 펴면서 이렇게 외친다. "백만 스물하나, 백만 스물둘…."

백만. 아무튼 큰 숫자다. 부자를 가리켜 흔히 백만장자라고 했다. 우리나라의 기준은 아니고, 미국이나 영국의 기준일 것이다. 백만 달러면 현재 우리 돈으로 10억 원이 조금 넘는다. 지금이야

입이 떡 벌어지게 어마어마한 돈은 아니지만, 과거에는 큰돈이었 겠다.

1분에 약 60~70회 정도 뛴다. 뛴다는 표현보다 움켜쥐었다 놓는 다는 표현이 적확하겠다. 1분에 65회로 잡을 경우 한 시간에 3천 9백 회, 하루에는 9만 3천 회 정도 뛴다. 심장박동 수 이야기다.

여기에 내 나이를 곱해 보니 오백만 번이 넘는다. 300년 동안 사용 가능한 자동차 문 내구성의 다섯 배. 그만큼 오래, 그만큼 많이 사용했으면 고장 날 만도 하다. 나의 심장 이야기다.

1월 중순, 심장에 이상이 느껴져서 며칠 동안 병원에 입원을 했 다. 흔히 입에 올리는 스텐트(stent)지만, 본인의 경우가 되면 문제 는 달라진다. 응급실을 거쳐, 중환자실로. 혈관조영술을 기다리는 시간들. 하지만 불행 중 다행으로 담당 의사는 스텐트를 넣기 직 전 상황이라면서 약으로 관리해 보자고 했다.

오래 썼으니 고장 날 만도 하다고 여기면서도 좀더 조심했으 면 벌써 이상이 생기진 않았을 텐데 하는 아쉬움도 있었다. 자동 차 문을 백만 번이나 여닫을 수 있는 것도 정상적인 경우에 한해 서이리라. 사용 가능 범위 이상으로 문을 열어젖히거나 부서져라 닫는다면 그리 오래가지 못하겠지. 당연한 귀결이지만, 나 자신을 소중하게 여기지 않은 결과라는 생각이 들었다.

한 가지 고무적인 사실은 담당 의사의 자신감이다.

"특별히 주의할 사항 없습니다. 밥 잘 먹고, 약 잘 먹고, 운동 잘 하면 됩니다."

예습 열심히 하고, 수업시간에 딴전 피우지 않고, 집에 와서 복습도 충실히 하면 공부 잘하게 된다는 이야기 같기도 하다. 그러나 그보다 더 좋은 처방도 없겠다 싶어서 의사 말을 전적으로 따르기로 했다. 피해야 할 음식 한두 가지는 알려주었지만, 운동 방법은 이야기해 주지 않았으니, 다음 달 진료 때 물어봐야겠다.

혈관조영술을 위해 바늘을 꽂았던 오른쪽 팔목 부위에 왼손 검지와 중지를 대봤다. 맥박이 뛴다. 심장이 열심히 일하는 게 느껴진다. 오백만 스물하나, 오백만 스물둘, 오백만 스물셋….

알파고의 얼굴이 붉어졌다면

머리 좋다고 잘하는 건 아니지만, 머리 나쁜 사람은 절대로 잘할 수 없는 게임이 있다. 바로 바둑이다.

방금 이세돌 9단과 컴퓨터 프로그램 알파고의 제3국이 끝났다. 알파고가 또 이겼다. 3연승이다. 경기는 끝났다. 나머지 두 판도 둔다고는 했으나, 그 두 판에서 의미를 찾기는 어렵게 됐다(인간 입장에서 하는 소리다). 이세돌에게 나머지 두 판을 둘 여력이 있는지조차 의심스럽다.

나는 10여 년 전 '엑셀'이라는 컴퓨터 프로그램을 접했을 때 너무나 기가 막혔다. 그보다 한참 전 컴퓨터에서 '아래한글'을 처음 써보고는 '아, 컴퓨터란 게 이런 거구나' 하고 놀랐지만, 엑셀을 접했을 때의 놀라움은 그보다 더 컸다. 이처럼 컴퓨터가 인간보다 훨씬 뛰어난 계산 능력을 갖고 있다는 건 거의 모든 '인간'이 안다. 그런데 왜 인간이 컴퓨터에게 바둑을 졌다고 이렇게 난리일까.

상상 속에만 있던 일을 실제 현실에서 보았을 때의 놀라움? 혹은 인간이 다른 존재의 지배를 받게 되는 디스토피아의 도래에 대한 두려움? 뭉뚱그려 말하자면 미지(未知)로 인해 생겨나는 두려움이리라. 살아 있는 사람은 아무도 모르는 죽음 이후의 세계가 미지 때문에 두려운 것처럼.

이세돌 9단은 자신의 기력(棋力)을 충분히 발휘하지 못했을 수도 있다. 아니, 좀더 정확히 말하면 인간들과 대국할 때 보이던 자신의 능력을 충분히 발휘하지 못했을 것이다. 우세한 바둑에서 반면(盤面)을 압도하는 일종의 거만함, 몰리는 바둑에서 인간이라면 어쩔 수 없이 내보이는 초조함, 이런 모습이 하나도 없는 상대방과 어떻게 대화를 할 수 있겠는가.*

사람들은 기쁘면 웃고, 슬프면 운다. 긴장하면 다리를 떨기도 하고, 손을 비비기도 한다. 초조하면 엉덩이를 들썩거리며 안절부절못하기도 한다. 감정에 변화가 있을 경우 평소에 하지 않던 여러 가지 행동을 한다. 이세돌도 마찬가지였다. 3국에서는 좀 덜했지만, 2국이 특히 심했다. 얼굴을 찡그리며 괴로운 표정을 짓거나, 얼굴을 손으로 감싸 안기도 했다.

---

* 수담(手談). 손으로 나누는 대화라는 뜻에서 바둑을 수담이라고도 한다. 이번 바둑은 수담이 아니었다. 대화 자체가 없었으니 말이다. 그럼 무엇이었나?

손바닥만한 희망이라도

인간이 아닌 존재를 다룬 영화는 아주 많다. 사이보그나 외계인, 인공지능을 지닌 로봇 등. 그런데 영화에서는 그런 존재들도 거의 모두 감정을 표출한다. 〈터미네이터2〉에 나온 수은 터미네이터나 〈터미네이터3〉의 여성 터미네이터도 짧게나마 기분 나쁜 표정 또는 어이없는 표정을 나타냈다. 〈아이 로봇〉에 나온 조그만 로봇들은 교활한 표정을 짓는 게 특기였고, 〈에이 아이〉의 주인공 소년은 정감 넘치는 존재로 묘사됐다.

하지만 알파고는 이세돌과 완전히 달랐다. 어떤 표정도 짓지 않았다. 인간이 표현하는 기쁨, 슬픔, 분노, 두려움 등 아무런 감정도 없었다. 감정을 나타내지 않는 얼굴을 흔히 포커페이스라고 한다더니, 그래야 게임에서 이기기 쉬운 모양이다.

그런데 이기면 뭐하나? 기쁘질 않은데. 왜 이기려고 하지? 즐겁고 행복하질 않은데. 아마 이 질문에 알파고는 답을 하지 못할 것이다. 몰라서이기도 하겠지만, 더 큰 이유는 감정이 없기 때문이다(나는 알파고가 기분 나쁘라고 이 질문을 던졌다).

지난달부터 세 명의 알바생이 카페 카덴차에서 새로 일하기 시작했다. 세 명 다 아주 성실하고 영민해서 내가 복이 터졌다고까지 생각했다. 한데 그 중 한 명은 쉽게 얼굴이 붉어진다. 조금만 곤란한 질문을 던져도 얼굴이 상기된다. 레시피 교육을 시작하고 이틀째 되던 날, 아이스 음료를 만들어보라고 했을 때도 그랬다.

그 친구가 워낙 잘해서, 나는 아이스 음료 제조법을 가르쳤다고 착각했던 것이다. "안 배웠는데요" 하면 될 텐데, 일단 얼굴부터 붉어졌다.

만약 알파고가 실수로 잘못된 수를 두었을 때 컴퓨터 화면이 벌개졌다면 이세돌이 지지 않았을지도 모른다. 이런 소리를 하면 인간들은 "지고 나서 공연히 몽니 부린다"고 하겠지. 알파고는 뭐라고 할까.

실수해서, 당황해서, 부끄러워서 얼굴 붉어지는 인간이 그립다.

손바닥만한 희망이라도

희망을 버리는 것은 죄악이다

어제는 4월 13일이었다. 1년 중 365분의 1 정도 비중밖에 차지하지 못할 날을 특별히 언급하는 이유는 어제가 대한민국의 국회의원 선거일이었기 때문이다.

보통 사람들은 서너 번쯤 실패하거나 실망하면 다시는 같은 행동을 반복하지 않는데, 이 일은 그렇지 않다. 않은 것이 아니라, 그렇지 못하다. 굴러 내릴 줄 알면서도 어쩔 수 없이 돌멩이를 밀어 올려야 하는 시시포스의 신세와 비슷하다.

국회의원 선거를 생각하다 보니 한 편의 다큐멘터리가 떠올랐다. 그 다큐멘터리는 이렇게 시작한다.

한 여성이 이삿짐을 싼다. 표정은 침울하기 짝이 없다. 아주 가까운 사람이 가장 불행한 일을 당한 경우에나 볼 수 있을 법한 표정이다. 촬영자가 인터뷰를 시도했지만 그 여성은 답이 없다. 이어서 다른 여성이 화면에 등장한다. 이삿짐을 푸는 여성의 표정이 몹시 밝다. 이런 표정을 묘사하기는 쉽지 않다. 5수 끝에 원하던 대학에 합격했을 때? 아니면 엄청난 당첨금의 복권이 맞았을 때? 현역을 생각하고 있다가 군 면제 판결을 받았을 때? 아무튼 더할 나위 없이 밝다.

짐작했겠지만 전자는 재선에 실패해서 의원회관을 떠나는 전직 국회의원이고, 후자는 새롭게 여의도에 둥지를 틀게 된 현직 국회 의원이다. 다큐멘터리는 이어서 국회의원들이 누리는 어마어마하 게 많은 권리(그냥 권리가 아니라 '특권'이라는 표현이 맞겠다)를 소개한다. 100가지도 넘었던 것 같다. 그 다큐멘터리를 보고 나서야 국회의 원들을 이해할 수 있었다. 왜 저러고 사는지 이해가 되지 않았는 데, 그 이유를 조금이나마 알 것 같았다.

몇몇 언론 매체에서는 이번 선거를 두고 "차선(次善)이 아니면 차악(次惡)이라도 선택하라"고 말했다. 차선도 아닌 차악을 선택해 야 하는 선거. 그런 선거가 과연 필요한지 의문이다. 상선벌악(賞善 罰惡)이라고 했다. 잘한 것에는 상을 주고, 잘못한 것, 나쁜 것에는 벌을 준다는 이야기다. 그런데 차악을 선택한다면, 이 상선벌악과 는 정면으로 배치된다. 악은 벌해야 하는데….

유권자들이 잘못해서 우리나라 정치가 이 모양 이 꼴이라는, 근거도 논리도 없는 주장이 듣기 싫어서라도 나는 어제 투표를 했다. 결과적으로 나의 행위는 악을 범한 자에게 상을 준 꼴이 되었다. 100가지가 넘는, 일반인들은 알지도 못하는, 아니 상상할 수도 없는 엄청난 특권을 300명에게 상으로 주고 말았다.

나는 우리나라 국회의원들이 유럽 어떤 나라의 국회의원들처럼 국가와 국민을 위하는 마음가짐과 태도로 일하기를 기대하지 않는다. 그런 기대를 가졌다가는 실망이 너무 클 테니까 말이다. 아니 그런 기대는 현실성이 없기 때문이라는 이유가 더 적절하겠다. 동시에 나는 내가 힘들게 내는 세금이 몇몇 사람의 '즐거운 인생'을 위해 허투루 쓰이는 것도 원치 않는다. 하지만 그걸 막을 방법이 도대체 없다. 그 점에서 나뿐만 아니라 대부분의 유권자들은 유죄일지 모른다.

의미 없는 짓을 한 김에 아래와 같은 의미 없는 한마디를 보탠다. 이번 선거에서 흰색 옷을 입고 선거운동한 전직 빨간색 의원의 '억울한 인용'으로 유명해진, 누구나 다 안다는 대한민국 헌법에 나오는 내용이다.

대한민국 헌법 제7조 제1항. "공무원은 국민전체에 대한 봉사자이며, 국민에 대하여 책임을 진다."

써놓고 보니 잉크가 마르기도 전에 퇴색해 버린 죽은 문자를 보는 느낌이다. 이렇게 말해놓고도 4년 후 또다시 투표를 해야 하는 이 땅의 불쌍한 유권자들을 위해 한마디 보탠다.

"희망을 버리는 것은 죄악이다."

어니스트 헤밍웨이의 〈노인과 바다〉에 나오는 산티아고 노인의 말이다.

손바닥만한 희망이라도

카덴차로 가는 길

역사는 흐른다 1

나는 용산 부근에 산다. 우리 집에서 국립중앙박물관까지 걸어서 7~8분 정도 거리다(위치가 벌써 예사롭지 않다고 느껴지지 않는가). 나의 직장인 카페 카덴차는 성북구 동선동 성신여대 정문 앞에 있다. 내 출퇴근길은 우리나라 마지막 왕조인 조선의 역사를 되돌아보는 길이다.

집에서 차로 출발하여 20여 분을 가면 숭례문이 나온다. 남대문이라고도 하는 숭례문. 600년이나 된 유서 깊은 이 문을 수년 전 홀랑 태워먹었다. 근현대 100년 사 중 가장 어이없는 일의 하나로 꼽힐 만하다. 지금은 복원되었지만, 복원 과정 또한 말도 많고 탈도 많았다. 아무리 역사를 가볍게 보는 민족이라 해도 이럴 수 있을까 싶다. 태워먹은 것으로 모자라, 복원 공사까지 온통 비리로 얼룩지다니.

쓸쓸함을 뒤로하고, 조금 더 가면 왼쪽으로 덕수궁(경운궁)의 대한문이 나타난다. 늦가을에 가면 은행나무 단풍이 멋들어진 곳. 덕수궁 돌담길의 추억이 아직도 계속되는 곳. 국립현대미술관 분관이 있는 곳이기도 하다. 고종 황제가 이곳의 어느 건물에서 우리나라 최초로 가배(珈琲, 커피의 음역어)를 마셨다던가.

덕수궁을 지나쳐 이순신 장군과 세종대왕상을 지나 세종로를 북쪽으로 올라가면 광화문이 나온다. 광화문으로 올라가는 길 중앙에는 아름드리 은행나무가 있었다. 세종로 길을 지금처럼 돌길로 바꾸면서 은행나무는 모두 사라졌다. 그 은행나무들은 모두 어디로 갔을까. 그리고 이 길을 도대체 왜 돌길로 바꿨을까. 관리할 능력도 없으면서 말이다. 유럽 유서 깊은 도시의 돌길과 비교해 보지 않아도 점수를 매길 수 있다. 누더기처럼 덕지덕지 때운 모양새와 차가 다니기에 너무나도 불편한 덜컹거리는 길. 완전 낙제점이다.

복원되기 전 시멘트로 지어졌던 광화문 바로 뒤에는 일제의 조선총독부 건물이 있었다. 대한민국 정부가 세워진 후에 계속 정부청사로 사용하면서 중앙청이라고 불렀다. 중앙청이 하루아침에 사라지는 것을 보고 많이 놀랐다.[*]

---

[*] 천안 목천의 독립기념관에 가면 과거 중앙청 건물의 일부를 볼 수 있다.

광화문의 한글 현판을 내리고, 현재의 한자 현판인 '光化門'을 내걸었을 때도 역시 말도 탈도 많았다. 글씨의 적절성에 더해, 현판의 나무가 쪼개졌다면서 말이다. 아직도 그 난리가 마무리되지 않았는데, 어째 지금은 조용하다.

광화문을 지나 돌다리를 건너면 경복궁이 나온다. 조선 개국 시기부터 한동안 조선왕조의 정궁(正宮) 역할을 한 경복궁. 용마루가 없는 왕의 거처 건물, 낮은 담장을 아름다운 벽돌로 장식한 왕비의 처소, 방향 감각이 둔한 사람은 쉽게 기억하기 어려운 복잡한 담과 작은 문들.

세종로가 끝나는 길에서 광화문을 바라보며 우회전을 한다. 경복궁의 외곽 망루였던 동십자각을 지나 계속 직진한다. 계동 현대 사옥과 맞붙은 김수근 선생의 공간 건물을 지나면 바로 돈화문이 보인다. 창덕궁이다. 창덕궁 안의 정원인 후원(後苑)*은 가을 단풍이 아름답기로는 최고다. 후원의 아름다움은 해설사와 동행해야만 관람할 수 있는 불편함을 상쇄하고도 남는다.

창덕궁을 지나면 공사 중인 도로가 나타난다. 전에는 창덕궁에서 구름다리를 통해 종묘로 넘어갈 수 있었다. 흔히 드라마에서 들었던 '종묘사직(宗廟社稷)'의 그 종묘다. 오래전 보았던 종묘는 가

---

* 과거에는 비원(秘苑)이라고 했다. 이 명칭도 일제의 잔재인지 후원이라고 하는 게 맞단다. 금원(禁苑)이라고도 한다.

로로 넓게 자리한 건물의 균형미만으로도 기억에 남는 곳이었다.

공사판 도로를 지나 서울대학병원 사거리에서 좌회전을 한다. 늘 복잡하지만, 신호 대기시간은 의외로 짧다. 서울대학병원을 지나면 왼쪽에 홍화문과 함께 창경궁(昌慶宮)이 나타난다. 요즘은 중국 관광객을 태우고 온 관광버스가 줄지어 서 있는 곳이다.

내가 어릴 적 이 창경궁은 궁이 아니고 창경원(昌慶苑)이었다. 그 안에 동물원이 있었다. 이 때문에 초등학생들의 주요한 소풍 장소이기도 했다. 대학에 들어갔을 때는 벚꽃으로 유명한 곳이었다. 특히 밤 벚꽃이 유명했다. 이런 미팅을 일본어 조어로 '야사팅(밤 사쿠라미팅)', 짧은 영어 조어로 '나체팅(Night Cherry Meeting)'이라고도 했다. 나이가 오십 대 중반쯤 되는 사람들의 기억에 남아 있을 단어다.

10여 년 전, 아직도 벚나무가 있는지 궁금해서 창경궁을 찾은 적이 있다. 벚나무는 어디에도 없었다. '일제의 잔재'라는 치명적 오명 때문에 벚나무는 모두 뽑혀나갔다. 나무를 뽑아버려서 역사가 바로 선다면, 얼마든지 뽑아버려도 될 일이다. 하지만 역사는 나무를 뽑아버리거나, 단순히 흔적을 지워버리는 것으로 바로잡히지는 않을 터.

창경궁을 지나면 혜화동로터리가 나온다. 과거에는 고가도로가 있었지만 지금은 고가도로를 철거해 버려서 모양새가 훤해졌다.

나의 직장인 카페 카덴차까지는 10분 거리다.

40여 년 전 배웠던 야은 길재 선생의 시조를 기억하며 준자(駿子)[*] 선생이 읊조린다.

육백 년 도읍지를 자동차로 돌아드니
궁궐은 의구하되 인걸은 간데없다
어즈버 사람 사는 일이 꿈이런가 하노라

---

* 준자는 스스로 지어붙인 필명 겸 자호(自號)다. 공자, 노자, 장자에게서 사숙(私淑)한 김에 그분들의 이름을 흉내내어 만들어보았다. 앞의 준(駿) 자는 물론 내 이름의 마지막 글자다. 그럴듯하지 않은가, 준자.

관용은 강자의 덕목이다

역사는 흐른다 2

영화 〈사도〉를 보았다.[*] 영조와 사도세자의 사건은 내가 매일 출퇴근길에 지나는 그 왕궁 어딘가에서 벌어진 일이다. 사실(史實)이자 사실(事實)이다.

영조는 아들인 사도세자가 꼴 보기 싫어 사사건건 트집을 잡는다. 영조를 합리화하는 근거가 등장하기는 하나 설득력은 아주 떨어진다. 아버지와 아들 간의 극심한 갈등은 전대미문의 잔혹한 사건으로 끝난다. 아비가 자식을 죽인 것이다. 방법도 비교할 데 없이 잔인하다. 뒤주에 일주일간이나 가둬 죽인 것이다.

아비가 자식을 죽일 정도였으니, 그 사정이 어떠했겠는가라는

---

[*] 역사물은 내 아내가 좋아하지 않는다. 그래서 나는 〈사도〉를 혼자 보았고, 보고 난 후의 느낌을 아내에게 장황하게 떠들어댔다. 그 바람에 〈사도〉는 아내가 싫어하는 영화 목록에 등재되었다.

동정론도 있을 수 있으나, 그보다 앞서는 것이 사람이 사람을 죽인 일이다. "자식과도 나눌 수 없는 것이 권력"이라는 말로 그 사건에 0.01퍼센트 정도나 정당성이 부여될까.

마키아벨리의 《군주론》에 등장해 서양사에서 술수와 기만, 잔인무도의 대명사가 된 체사레 보르자. 영화 〈사도〉를 보고 나니 영조는 체사레 보르자와 충분히 견줄 만한 인물 같다.

영조와 아들 사도세자 간에 벌어진 비극을 보면서 끝을 알 수 없는 인간의 욕망과 집착, 그리고 허망함이 떠올랐다. 사람들 간의 그런 갈등은 큰 권력을 쥔 자들 사이에서 더 자주 벌어졌으리라. 시간이 지나고 나면 다 부질없는 일인데….

다음은 한 대학교수가 라디오 칼럼에서 했던 이야기다. 워낙 오래전이라 기억이 정확하지 않지만, 대략 이러하다.

새들은 독수리, 매 등과 같이 다른 동물을 잡아먹고 사는 맹금류(猛禽類)와 그렇지 않은 새(비둘기, 꿩 등)로 나뉜다.* 맹금류와 순금류를 아주 쉽고 단순하게 요약하면 강자와 약자로 부를 수도 있을 것이다.

맹금류끼리 싸울 때, 한쪽이 자신의 패배를 인정하면 이긴 쪽은 그 패배를 수용해 주고, 패배한 자를 죽이지는 않는다고 한다. 하

---

* 후자를 부르는 명칭이 따로 있는지 모르겠다. 편의상 '순금류(順禽類)'라 칭했다.

지만 맹금류의 싸움에서 한쪽이 다른 쪽을 죽이는 경우가 있다. 패배를 인정했던 쪽이 돌아서는 승자를 뒤에서 다시 공격할 때다. 맹금류와는 달리 순금류의 새들은 싸움이 붙으면 상대방이 패배를 인정하건 말건 반드시 목숨을 빼앗고야 싸움을 끝낸다고 한다.

그러면 맹금류와 순금류가 싸우면 어떻게 될까. 거의 모든 경우 맹금류가 이기겠지만, 드물게 순금류가 이기는 적도 있다고 한다. 이때 맹금류는 자기들 부류의 '룰'에 따라 패배를 인정한다. 하지만 순금류는 맹금류의 룰과는 달리 반드시 상대방의 목숨을 빼앗는다고 한다.

어쩌면 만들어낸 이야기인지도 모르겠다. 내가 새 전문가인 윤무부 교수가 아닌 바에야 사실 여부를 확인할 길 없으나, 시사하는 바가 크다. 특히나 그 칼럼의 결론은 더 그랬다.

"사람을 새들의 분류법에 따라 나눈다면, 맹금류에 속할까요, 순금류에 속할까요?"

손바닥만한 희망이라도

영화 〈사도〉를 보면서 오래전에 들었던 그 칼럼을 떠올린 것은 왜일까. 출신의 열등감에서 출발해 아들에게 권력을 빼앗길지 모른다는 두려움을 거쳐 권력을 지키기 위해 수단과 방법을 가리지 않는 마무리까지, 인간다움이란 찾아볼 길이 없다.

그 모습의 데칼코마니 한편에 현재의 우리 사회 모습이 있는 듯하다. 피를 볼 때까지 상대방을 해쳐야 직성이 풀리고, 패배를 인정해도 상대방을 죽이지 않으면 멈추지 않는 무자비함. 약자의 특징이다. 새들만의 이야기가 아니다. 관용은 절대적으로 강자의 덕목이다. 그리고 인간다움의 출발점이다.

같기도 하고 다르기도 한

내가 만난 김수환 추기경

6년 전 이맘때였다.[*] 그때 그분은 대구 지하철 참사 희생자와 유가족을 위한 미사 강론을 준비하느라 고민하고 계셨다. "그렇게 어이없는 참사에서 내가 할 말이 뭐 있겠느냐"며 좋은 생각 있으면 이야기해 보라고 하셨다. 낯선 방문객에게 자신의 고민을 쉽게 드러낼 만큼 그분은 솔직하고 소탈하셨다. 내가 만난 김수환 추기경은 그런 분이셨다.

그 만남 전에도 프로그램 제작과 관련하여 수없이 뵈었지만, 추기경님을 그렇게 가까운 거리에서 장시간 뵌 것은 그때가 처음이었다. 그때 내 머릿속에는 TV 방송과 프로그램밖에 없었다. 나는 사람들이 가장 선호할 '상품'을 확보하려는 의도로 그분을 만났

---

[*] 이 글은 김수환 추기경이 선종하신 다음날인 2009년 2월 17일에 쓴 것이다.

다. 첫 만남에서 거절당한 나와 후배 피디는 다시 추기경님을 찾아 뵈었고, 마침내 영상 회고록을 만들어도 된다는 허락을 받아냈다.

그 후 6개월여에 걸쳐 두 명의 후배 피디는 영상 회고록 〈추기경 김수환 이야기〉를 만들었다. 그때 내 직장은 '김수환 추기경 이야기'이면 괜찮지만, '추기경 김수환 이야기'에서는 불경(不敬)의 냄새가 난다며 걱정을 해야 하던 곳이었다. 제작을 맡은 두 명의 피디는 프로그램을 만드는 동안 가정을 버려야 했다. 그 기간 중 내 책상에는 수시로 "편집이 너무 늦게 끝나 목욕탕에서 잠깐 눈 붙이고 오겠다"는 후배들의 메모가 놓였다. 그렇게 만들어진 〈추기경 김수환 이야기〉는 당시의 제작 의도대로 어제부터 다시 방송되고 있다. 김수환 추기경 선종 특집물이다.

우리 집 거실에는 당시 추기경님과 찍었던 사진 한 장이 액자에 담겨 있다. 우리 집을 방문한 사람들이 큰 관심을 표하는 사진들 가운데 한 장이다.

사진 속의 나는 추기경님 오른쪽에 앉아 있다. 왼쪽 귀가 잘 들리지 않으서서 오른쪽에 앉았다. 나도 웃고 있고, 추기경님도 활짝 웃고 계신다. 추기경님은 두 손으로 제스처까지 취하셨다. 뭔가 재미있는 이야기를 하셨던 모양이다.

그때 추기경님을 뵙고 난 느낌은 예상과 같기도 하고 다르기도 했다. 너무 많이 알려져 있어서 예상과 같았고, 다 알려져 있지는

않았기에 예상과 다르다고 느꼈다. 오십 대 중반쯤 된 비서 수녀님에게 "높은 분 모시느라 고생 많으시겠어요" 하고 인사치레를 했더니 그 수녀님은 알 듯 말 듯한 미소로 답을 대신했다.

이제 추기경님은 살아 계시던 동안 그렇게 갈망했던 주님을 뵙고 계시겠지. 죽은 다음에도 느낌과 생각이 있다면 추기경님의 생각은 이럴 것 같다.

'지금 이 세계[冥界]는 살아 있을 때의 예상과 같기도 하고 다르기도 하다. 주님은 예상과 같기도 하고 다르기도 하다.'

손바닥만한 희망이라도

이제 '김수환 할아버지'는 사진과 나의 기억 속에만 남아 계신다. 사진 밖으로 걸어나온 나는 이렇게 컴퓨터 앞과 마루를 오가며 어슬렁거린다.

2009년 2월 16일, 오후 6시 12분 선종. 향년 87세였다.

일어서는 법을 가르치기 위해 넘어뜨린다

장영희 교수를 기억하며

"57세 문학소녀, 떠나다"라는 신문 1면의 부음 기사 때문이었을까. 어제는 하루 종일 비가 내렸다.*

오후 내내 계속된 회계사와의 미팅을 끝내고 빗길 퇴근을 걱정할 즈음 문자가 들어왔다.

"장영희 교수가 돌아가셨네요. 선배랑 인터뷰 갔던 생각이 나는데…"

평화방송 후배의 문자였다. 이 친구도 장영희 교수를 생각하고 있었던 모양이다. 후배와 통화하면서 장 교수와 만났던 기억들을 떠올렸다.

벌써 13년 전이다. 서강대 교수실에서 만난 장영희 교수는 정말

---

* 장영희 교수는 2009년 5월 9일 타계. 이 글은 장영희 교수의 부음을 접한 직후에 썼다.

손바닥만한 희망이라도

로 소녀 같았다. 8년이나 연상인데도, 그때 서른일곱이던 나보다 더 위로 보이지 않았다. 목소리는 하이톤이었고 몹시 유쾌한 사람이었다. 다리가 불편한 줄은 알고 갔지만 양쪽에 목발을 짚어야만 보행이 가능한 정도인 줄은 몰랐다. 장 교수의 유쾌함은 나의 걱정(프로그램 제작 때 어려움이 있지 않을까 하는 속물적인 걱정)을 씻어줬다.

아버지 장왕록 교수가 마치지 못한 번역을 장영희 교수가 이어서 끝낸 것 때문에 프로그램 게스트로 섭외를 했다. 번역의 어려움, 장애인의 어려움 등을 주제로 장시간 인터뷰를 했다. 국내에서 대학원 진학할 때 소아마비로 인해 낙방한 이야기를 하면서도 장 교수는 유쾌했다. 공부를 발로 하느냐고. 미국에서 돌아와 첫 강의를 할 때 학생 녀석이 자신을 앞질러 강의실로 들어가며 문을 탁 놓아서 코가 깨질 뻔한 이야기를 할 때도 유쾌했다. 나쁜 녀석이라며.

그 후 장영희 교수의 소식은 언론을 통해 접했다. 인터뷰 때는 교양학부 교수였는데 그동안 영문과 교수가 되었고, 시 번역가로도 명성을 얻었다. 수필가로도 이름을 날리기 시작했다.

신문에서 접한 장영희 교수의 글은 특유의 풍미가 있었다. 자기주장이 분명한 점에서는 소설가 P를 연상케 했지만 날이 서지 않았다. 부드럽고 유려했다. 우리글을 잘 다뤘지만 소설가 K처럼 딱딱한 느낌은 없었다. 영시 번역도 신문에서 보았다. 산문보다 더 어려울 것이 분명한 시 번역을 어쩌면 이렇게 잘할까 하는 경외심이 드는 글들이었다.

하지만 그 후의 소식은 그다지 유쾌하지 않았다. 유방암에 걸렸고, 암투병 소식이 이어졌다.

장영희 교수를 직접 본 것은 2006년 말이다. 11월 하순쯤인가, 아주 음산하고 추운 날이었다. 부모님을 연희동성당에 모셔다 드리고 차 안에서 기다리는데 장 교수가 계단을 내려오고 있었다. 그 계단은 수가 너무 많고 가팔랐다. 양쪽 목발을 짚어야 하는 사람에겐 특히 가혹했다. 여러 차례 망설였다. 가서 누구라고 말하고 도와줄까. 결국은 차 안에 그대로 앉아 있었다. 해가 져서 어두워졌기 때문일까, 계단을 내려오는 장 교수의 표정은 몹시 그늘져 보였다.

그해 말 장영희 교수가 낸 영시 번역집을 읽었다. 《생일》이라는 작품집이었다. 영미 유명 작가들의 시를 번역한 책인데, 매 편마다 간단히 적은 장 교수의 소감이 인상적이었다.

장영희 교수가 썼던 칼럼의 글귀를 인용해 본다. 신문에서 본 기억이 있는 그 글이 어제 부음 기사에 다시 인용됐다. 2004년 9월 척추로 암이 전이돼 신문 칼럼을 중단하면서 쓴 글이다.[*]

---

[*] 《조선일보》 2009년 5월 11일자, 11면 참조.

손바닥만한 희망이라도

"신(神)은 인간의 계획을 싫어하시는 모양이다. 올가을 나는 계획이 참 많았다." 이어서 장영희 교수는 이렇게 썼다. "신은 다시 일어서는 법을 가르치기 위해 넘어뜨린다고 나는 믿는다."

어제, 신문은 문학소녀의 죽음을 알렸고 하루 종일 비가 내렸다.

시간은 신도 못하는 일을 한다

여자 프로 골퍼 열전

로레나 오초아라는 멕시코 골프 선수가 있다. 은퇴 선수다. 한동안 세계 1위로 미국여자프로골프(LPGA)계에 군림하다, 절정기일 때 은퇴했다. 지금은 멕시코 부자와 결혼해서 잘사는 모양이다. 매년 늦가을에 '로레나 오초아 인비테이셔널' 대회가 열리는데, 그때는 선수 자격으로 대회에 참가한다.

그 외에는 자선 활동을 하며 사회사업가로 지낸다. "박수 칠 때 떠나라"고 하지만, 그게 얼마나 어려운지 사람들은 잘 안다. 로레나 오초아는 큰 박수를 받으며 떠났다. 그런데 그 뒤에서 나는 남편이 돈이 많아서 은퇴했을 거라는 속물 같은 생각을 한다. 그녀 자신이 모은 돈만 해도 평생 잘 먹고 잘살 돈인데….

로레나 오초아를 길게 이야기할 생각은 아니다. 그녀 이야기를 꺼낸 이유는 김인경 선수 때문이다.

한 뼘 거리나 될까. 우승은 이미 그녀의 몫이나 마찬가지다. 아니, 그녀의 몫이다. 키 작은 선수는 우승을 예감하며, 천천히 퍼터를 뒤로 제쳤다가 공을 때렸다. 조금 강한가 싶었지만, '네버업 네버인(Never up-Never in)'*을 떠올리며, '그럼, 저렇게 쳐야지' 하고 생각했다.

몇 바퀴 안 구른 공은 홀로 빨려 들어가는 듯하더니… 아래로 떨어지지 않고 다시 돌아 나왔다.

"어?!"

순간, TV를 보던 나는 상황 판단이 되지 않았다. 퍼팅한 선수도 그런 듯했다. 입 쪽에 손을 갓다 대고 어쩔 줄 몰라 하며 왼편으로 고개를 돌렸다. 그러더니 고개를 떨궜다.

2012년 4월 초에 열린 '크래프트 나비스코 챔피언십' 최종일 라운드는 이렇게 끝났다. 퍼팅을 실패한 한국 여자 선수와 또 다른 한국 여자 선수는 연장전에 들어갔다. 퍼팅에 실패한 선수가 바로 김인경이다.

치명적 내상을 입은 김인경은 바로 회복하지 못했다. 아무리 운기조식(運氣調息)을 한들 그게 쉽게 회복되겠는가. 결국 연장전에서 다른 선수가 우승을 했다. 연못에 뛰어드는 우승자에게 보내

---

* "공이 홀을 지나가게 치지 않으면 절대 들어가지 않는다"는 뜻으로, 골프 퍼팅시 공이 홀을 지나가도록 쳐야 넣을 확률이 있다는 말.

는 박수 소리가 작았던 것은 사람들 뇌리에 남은 김인경 선수의 잔상 때문이었는지 모른다.

역사는 승자의 기록이지만, 간혹 패자(敗者)를 기억하기도 한다. 뛰어난 기량, 능력일 경우도 그렇고 큰 아쉬움을 남긴 패배도 그렇다. 김인경은 나에게 그런 패자로 기억에 남았다.

내가 김인경 선수를 기억하는 것은 이때가 처음이 아니다. 이 패배 순간으로부터 1년여 전인 2010년 초겨울쯤. 그녀는 그해가 거의 마무리될 무렵 열린 로레나 오초아 인비테이셔널 대회에서 우승했다. 아마도 그해의 첫 우승이었을 것이다. 그전에도 LPGA에서 통산 2~3회 정도는 우승을 했던 것 같다. 하지만 뛰어난 선수들에 가려 그녀는 인상적인 모습으로 남지 않았다. 키 작은 것 정도가 기억에 남았을까.

그런데 우승 후 상금을 기부했다는 기사를 읽고 나서 김인경 선수를 다시 보았다. 그녀는 대략 2억 원쯤 되는 상금 전액을 어려운 사람들에게 희사했다. 그 가운데 절반인 1억 원은 로레나 오초아가 운영하는 자선 재단에 기부했다. 그때 이런 이야기를 했다.

"나는 오초아 선수를 존경한다. 그녀가 선수 시절부터 행하던 자선 활동에 감명을 받았고, 본받고 싶었다."

본받고 싶은 마음과 그것을 실행에 옮기는 것 사이에는 큰 간극이 있다. 간극이 아니라 수백 명이 빠질 크레바스가 있다. 나는 1년 동안 우승에 목말라하다 거머쥔 우승 상금을 쾌척한 그녀의 배포와 마음 씀씀이에 감동과 충격을 받았다.

나는 그때 모 은행에서 펴낸 골프책 《프라이빗 레슨》이 생각났다. 맨 뒤에 김인경 선수의 사인이 있다는 사실과 함께. 김인경이 누군데, 하며 밀쳐놨던 책 뒤의 사인을 보며 괜스레 미안한 마음이 들었다.

최근 어느 방송에서 김인경 선수가 그 '상처' 이야기를 하며 퍼팅하는 모습을 보았다. 비슷한 거리에서 여러 차례 퍼팅을 했다. 아이언으로도 쳐서 넣고, 드라이버로도 쳐서 넣었다. 심지어 퍼터를 발로 걷어차서도 넣었다. 더 심지어 건너편으로 가서 왼손으로 쳐서도 넣었다. 그러면서 그녀는 수줍게 웃었다(김인경 선수가 크게 웃는 것을 본 적이 없다. 늘 수줍게 웃는다).

그 모습을 보며, 상처를 이겨내려 노력하는구나 생각했다. '인경, 어차피 상처는 사라지는 것이 아니라 이겨내는 거야.' 머잖아 다시 우승도 하겠구나 싶었다. 설사 우승하지 못하면 어떤가. 이미 그녀의 삶은 충만한데.

2012년 4월 8일. 목 하나가 더 큰 캐디 가슴에 얼굴을 묻고 흐느끼던 김인경 선수의 모습은 내 기억에서 사라지지 않는다. 그러니 당사자는 오죽하겠는가.

하지만 시간은 신(神)도 못하는 역할을 한다. 완전하지는 않아도 틀림없이 치유될 것이다. 우승해서 돈 많이 벌고, 또 그 돈으로 좋은 일도 많이 해라. 파이팅!*

---

* 나의 기원이 이루어진 것일까. 이 책을 준비하던 2016년 10월 마침내 김인경 선수가 6년 만에 LPGA대회에서 다시 우승을 차지했다. 축하한다. 김인경! 참고로 이 글은 2013년 5월에 썼다.

손바닥만한 희망이라도

설악산 지게꾼 이야기

설악산에 비선대(飛仙臺)라는 곳이 있다. '신선 혹은 선녀가 날아오른 곳'이라는 이름쯤 된다. 그곳에는 낮은 폭포가 있다. 그 폭포 바닥 너른 돌판에는 개화운동가 김옥균의 이름이 아주 커다랗게 새겨져 있다.

이 비선대는 나의 설악산 '등산 한계선'이다. 이십 대에 처음 설악산에 갔을 때나 10년쯤 전 사십 대 중반에 갔을 때도 비선대까지만 올라갔다(최근에는 권금성행 케이블카 승차장이 나의 등산 한계선이 되었다).

비선대에는 음식점이 여러 곳 있다. 그 음식점에서 쓸 음식 재료는 누군가 날라다 줬을 텐데 도대체 어떻게 가져왔을지 늘 궁금했다. 대청봉이니, 소청봉이니 하는 설악산의 높은 봉우리에도 산장이나 가게가 있을 텐데 거기까지 어떻게 날라다 주는지는 아예 상상도 안 되었다.

며칠 전 신문을 보다가 그 의문이 풀렸다. 지게꾼이 물건을 날랐다는 것이다. 당연한 소리 같지만, 비선대까지 맨몸으로도 너무나 힘들게 걸어갔던 나로서는 당연하게 느껴지지 않았다.

설악산 지게꾼 임기종 씨. 40년 동안 설악산에서 지게꾼 노릇을 했다. 무거운 짐을 져 나르는 건 그의 생업이다. 한창 때는 무려 230킬로그램도 져서 날랐다고 한다. 상상이 되지 않는다. 흔들바위 앞 매점의 130킬로그램 냉장고도 그가 날랐다고 한다. 이 냉장고 이야기를 보니까, 오래전 봉천동으로 이사할 때 냉장고를 혼자 져 나르던 이삿짐센터 아저씨가 생각난다.

이제는 나이 먹고 힘에 부쳐 40킬로그램 정도만 나른다고 한다. 40킬로그램. 이십 대 후반 내가 식자재관리 담당 병사로 군 복무할 때 힘들게 어깨로 져 나르던 쌀 포대 두 개의 무게다. 몇 번 두 포대를 나른 후에는 힘에 부쳐서 한 포대씩 나르곤 했다.

무거운 짐을 나르는 이야기만으로도 놀라운데, 그 기사에는 더 놀라운 이야기들이 가득 담겨 있다. 그의 아내 이야기, 그리고 그가 다른 불우한 이들에게 베푸는 이야기.

외형적으로 그의 삶은 불우하고 불행하고 비참하기까지 한 느낌을 준다. 그러나 기사를 다 읽고 나면 그 생각에 혼란이 온다. 그는 별로 불행한 것 같지 않다. 오히려 행복함이 전해진다. 그리고 나 자신을 돌아보게 된다. 아주 교훈적인 이야기를 읽은 초등학생처럼.

성탄 무렵이라 그런지도 모르겠다.

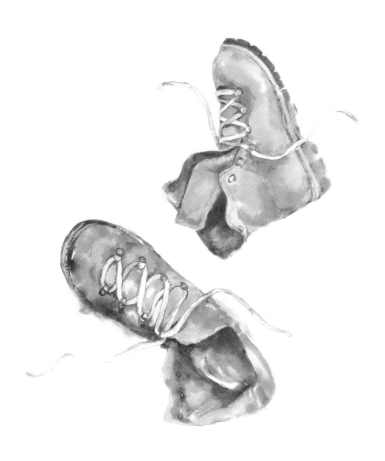

올드맨의 연말 풍경

2015년이 오늘을 포함해서 4일 남았다. 날짜와 시간에 대해 한 번쯤 생각해 보는 시기가 다시 왔다. 인간들이 사용하는 달력이 양력인지 음력인지 따져보고, 달력이 없었다면 어땠을까 가정해 보는 것은 부질없다. 시간은 후진 기어가 없는 자동차다. 그래도 굳이 후진을 상상해 보는 게 인간이다. 그래서 인간은 후회하는 동물이다. 부질없는 일도 여럿이 모여서 함께하다 보면 '부질있게' 착각되기도 한다.

성탄 며칠 전, 한때 한 직장에 몸담았던 다섯 명이 송년 모임을 위해 모였다. 20여 년 전 그들은 같은 직장에서 근무했다. 7~8년 함께 근무한 후 한 명 한 명 직장을 떠났다. 11년 전 다섯 명 중 마지막으로 나도 그 직장을 떠났다.

그날 모임의 화두는 '나이'였다. 아무리 되뇌고 마음에 새겨도 깨달음을 얻을 수 없는 불가해한 화두, 나이. 깨달음을 얻지 못한 다섯 명은 끊임없이 화두에 대해 이야기했다. 다섯 명의 평균 나이는 만으로 50세였고, 나이로는 내가 제일 위였다.

나이로 중간에 위치한 후배는 틈만 나면 나를 '올드맨(old man)'으로 지칭했다. 근거는 내가 자신보다 다섯 살이나 많을 뿐 아니라, 자신도 이미 아들로부터 '올드하다'고 규정되었기 때문이란다. 자신은 카톡(스마트폰 메신저인 카카오톡의 줄임말) 문자 사용법 때문에 올드맨이 되었다고 했다. 요즘 애들은 카톡의 문장 끝에 마침표를 찍지 않는데, 자신이 마침표를 찍는 걸 들어 아들 녀석이 올드하다고 했단다.

물론 나도 카톡 문자에 마침표를 찍는다. 문자가 생겨난 후, 동서양을 막론하고 초기에는 마침표라는 게 없었다. 고대 중국의 경전도, 희랍어로 된 옛날 성서도 마침표로 단락을 규정짓지 않았다. 그래서 옛날 문장들은 같은 문장이라도 여러 가지로 해석될 여지가 남아 있었다. 하지만 마침표가 등장한 후 그 같은 혼란은 거의 제로가 되었다. 그 중요한 마침표를 찍지 않다니.

다량의 알코올을 섭취한 다섯 명은 함께 몸담았던 직장을 추억했다. 추억처럼 좋은 직장이었다면 모두가 떠나지 않았을 그곳은 추억 속에서 화려한 색채를 얻었다. 과거를 윤색하고 왜곡하는 인간의 능력은 힘든 현재를 이겨내는 힘이다.

그리고 다섯 명은 현재와 미래를 걱정하기 시작했다. 나침반도 없이 별에 의지해서 방향을 찾는 배와 같은 작금의 사회에 대한 걱정은 전방위로 확산됐다. 정치적, 사회적, 경제적, 가정적으로 걱정하기 시작했다. 자녀들의 입시 걱정, 현재의 밥벌이 걱정, 내년의 총선 걱정, 느닷없이 다가온 100세 시대에 대한 걱정….

과거의 윤색과 왜곡 능력이 현재를 살아가게 하는 힘이라면, 걱정은 미래를 대비하게 하는 힘이다. 나는 나이답게 걱정도 제일 많았는지, 1년 후 이렇게 모이면 오늘의 일들을 어떻게 회상할지 이야기했다. 일부는 동의했고, 일부는 쓸데없는 이야기라고 말했다. 부정의 끝에는 올드맨이라는 수식이 따라붙었다.

알코올 양이 늘어나면서, 과거와 미래는 점점 희미해졌고, 현재만 남았다. 다섯 명은 돌아갈 가정을 걱정했고, 그 중 한 명은 대리기사를 불렀다. 다섯 명은 대리 비용이 2만 원이 아니라, 2만 5천 원이라는 데 분노했다. 대목이기 때문이라는 대리운전 콜센터 직원의 말은 분노에 의해 묵살됐다. 다른 대리운전에 연락을 했다. 2만 원이란다. 콜. 하지만 잠시 후 2만 원으로는 어렵다는 연락이 왔다. 결국 2만 5천 원에 합의.

대리기사를 기다리며 근처 카페에 들어갔다. 커피를 마시면서 나는 카페 카덴차의 주인답게 커피에 대해 떠들었다. 아메리카노가 어쩌구, 롱블랙이 저쩌구. 설명이 길어지자 누군가 앞선 술자리에서 언급했던 '설명충'을 다시 입에 올렸다. 때론 분노를 증폭시키는 알코올이 오히려 너그러움을 키우기도 한다. 설명충이란 단어에 분노하기보다는 큰소리로 웃었다. 올드하다는 자조와 함께.

자칫 마침표 없는 카톡 문자 같던 그 모임은 대리기사의 등장으로 끝이 났다. 보라, 마침표의 중요성을!

2 시간을 파는
가게

카페의 전성시대

말 그대로 '카페의 전성시대'다.[*] 대한민국의 수도 서울은 물론
이고, 중소 도시까지 큰 거리, 작은 거리, 심지어 골목에까지 카페
가 자리 잡고 있다.

1971년 미국에서 시작한 카페 S가 인어를 앞세우고 한국에 상
륙했다. 1990년대 말의 일이었다. 경쟁에 뒤질세라 커피콩을 등장
시킨 C/B와 천사를 앞세운 A, 토종 브랜드를 내세운 B까지 수많
은 프랜차이즈 카페가 등장했다. 그보다 더 많은 개인 카페도 하
루가 멀다 하고 새롭게 생겨나고 있다. 그리고 하루에도 수없이
많은 카페가 간판을 내린다.

---

[*] '○○의 전성시대'라고 쓰고 보니, 이른바 베이비붐 세대에 태어난 사람들은 작가 조
선작의 소설(1973년 작)이자, 그 소설을 바탕으로 한 김호선 감독의 영화 〈영자의
전성시대〉(1975년 작)를 떠올릴 듯하다. 요즘 젊은 세대는 잘 모르겠지만…. 배우
염복순은 무얼 하는지 갑자기 궁금하다.

정감 있지만 옛날 냄새가 나던 '다방(茶房)'들은 카페의 공세에 밀려 자취를 감췄다. 1980년대까지만 해도 너무나 익숙하던 '레지'라는 직종도 사라졌다. 카페 알바는 대학생들과 젊은이들에게 가장 익숙한 일거리가 되었다. 젊은이들의 장래 직업에 바리스타가 등장한 지도 꽤 되었다. '바에서 일하는 자'라는 뜻의 바리스타(barista)가 희망 직업이라는 것은 여러 가지를 시사한다. 커피와 카페의 인기부터 젊은이들의 구직난까지.

1970년대에 음악다방을 드나들던 젊은이들은 이제 중년을 넘어 노년을 바라보게 되었다. 그들은 다방과 레지가 이렇게 자취를 감출 줄 알았을까? 20년도 안 되는 짧은 시간에 말이다. 자신의 2세가 바리스타를 희망 직업이라고 생각할 줄 알았을까.

요즘 카페는 예전의 다방과는 그 기능이 다르다. 사람을 만나는 장소, 사무실 없는 사장님들의 업무 공간, 음악을 듣는 쉼터에서 몇 걸음 더 나아갔다.

커피를 비롯한 각종 음료는 물론 한 끼 식사를 대신할 음식까지 먹을 수 있는 곳, 대학 도서관에서 자리 잡기 전쟁을 하지 않고도 원하는 시간만큼 공부할 수 있는 공간, 어두운 PC방 대신 마음 놓고 컴퓨터를 사용할 수 있는 와이파이의 공간. 노트북이 있으면 영화관도 된다. 화면이 조금 작아서 흠이지만. 발전이라면 발전이고, 진화라면 진화다. 발전하고 진화하는 카페의 전성시대.

전성시대는 반드시 쇠퇴를 수반한다. 시기를 가늠하기가 쉽지 않을 뿐. 진화의 뒤편에는 적응 못한 존재의 소멸이 필수다. 다방을 밀어내고 전성시대를 구가하는 카페는 언제, 무엇에 의해 밀려날까. 걸음마를 시작한 어린아이의 70년 후 미래를 이야기하는 것 같지만, 시간은 반드시 새로운 흐름을 준비할 것이다. 그리스도 로마도, 원나라도 청나라도, 대영제국도 역사 속으로 사라지지 않았던가. 미합중국도 물론 예외가 아닐 것이고, 카페도 그러할 것이다.

한때를 풍미했고, 그 때문에 후대에 이름을 얻은 공룡 티라노사우루스, 브라키오사우루스, 영화 〈쥬라기 공원〉 덕에 널리 알려진 벨로시랩터. 그들 외에 이름을 얻지 못한 수많은 공룡들이 있었겠지. 티라노사우루스 같은 카페 S, C/B… 그 외 이름을 남길 가능성이 적은 수많은 카페들 틈에 '카페 카덴차'가 있다. 카페 카덴차를 열고, 매일 이곳을 지키는 나의 존재는 이곳을 찾는 사람들에 의해 의미를 갖게 된다. 카덴차가 존속하는 시간까지 이곳을 찾는 사람들이 행복했으면 좋겠다.

브라질 가서 커피콩을 사오라고?

"커피가 참 맛있어요."

주방으로 다가온 중년 여성은 칭찬 후에 '리필'이 되느냐고 물었다. 순간, 리필을 위한 립서비스(lip-service)인가 생각했다. 카페 주인의 어쩔 수 없는 방어 본능이다. 하지만 그 얕은 생각은 바로 수정을 해야 했다. 리필은 안 된다고 답하자, 그 손님이 커피 한 잔을 더 시켰기 때문이다. 이날은 성신여대 수시 입시가 있던 날이었다. 학부모인 중년 여성은 시험 끝난 딸을 데리고 나가며, 합격하면 자주 들르겠다고 했다. 나는 덕담으로 응대했다. "내년 봄에 뵙죠."

"커피가 맛있군요. 어떤 커피를 쓰시나요?"

'영업 기밀을 노출할 수는 없지' 하며, "제가 엄선한 커피를 씁니다" 하고 답했다. 질문을 던진 중년 남성은 "주인께서 커피를 잘 아시는 것 같다"며, '엄선'에 방점을 찍어 "커피에 자부심이 있는 모양"이라고 덧붙였다. 엄선한 것은 맞지만, 커피를 재배한 것도, 생두를 선택한 것도, 직접 커피콩을 볶은 것도 아니기에 모호한 웃음으로 답을 대신했다. 그 손님은 아메리카노 한 잔을 다 마신 후 카페라테를 한 잔 더 주문했다.

주 고객인 여학생들의 반응이 궁금해 커피 맛이 어떤지 가끔 묻는다. 분명하게 대답하는 경우는 별로 없다. "프랜차이즈 커피점과는 다른 거 같은데, 맛있어요" 하는 정도가 가장 적극적인 답변이다.

카페 카덴차를 오픈한 지 약 6개월이 지났다. 예상과 달리 주고객인 젊은 여학생들은 커피에 열광하지는 않는다는 사실을 잘 알았다. 주변 카페들의 커피값이 아주 싼 것을 아는 사람들은 커피값을 내리면 어떠냐는 우려 섞인 충고를 한다. 하지만 커피값을 조정하지는 않았다. 엄선한 커피를 그렇게 싸게 팔 수 없다는 커피 장사꾼의 자존심 때문이다.

프랜차이즈 카페는 물론, 개인 카페들도 에스프레소 머신용으로는 '블렌디드(blended) 커피'를 쓴다. 블렌디드 커피를 한마디로 설명하면 여러 종류의 커피를 뒤섞었다는 뜻이다. 블렌디드 커피의 가장 큰 효용은 경제성이다. 요샛말로 하면, 가성비가 좋다는 뜻이다. 다시 말해 그럴듯한 맛을 내면서도 원가를 낮출 수 있다는 얘기다.

그럴듯한 맛이 나기 위해서는 당연히 원재료가 좋아야 한다. 즉, 커피콩(생두, 볶지 않은 날 커피콩)이 좋아야 한다. 그 다음은 로스팅(roasting, 생두를 볶는 것)이다. 어떤 정도로 볶느냐에 따라 커피 맛이 많이 달라지기 때문이다. 커피 전문가들은 커피 맛에서 이 두 과정이 차지하는 비율을 대략 80퍼센트로 본다. 커피콩의 비중이 50퍼센트, 로스팅의 비중이 30퍼센트. 그 나머지는 머신의 종류, 그라인딩의 정도, 추출 시간, 물의 종류, 물의 온도, 컵의 따뜻한 정도 등 여러 가지 요소가 좌우한다. 이 때문에 전체에서 대부분을 차지하는 커피콩의 종류와 로스팅의 중요성은 아무리 강조해도 지나치지 않다.

오픈 준비를 하며, 어떤 커피를 쓸지 행복한 고민을 할 때 나보다 커피에 대해 세 배쯤 잘 아는 후배가 조언을 했다(그 후배 녀석이 그렇게 커피에 대해 잘 아는 줄 미처 몰랐다. 역시 강호에는 고수가 즐비하구나). 술자리에서.

"선배, 원산지를 가보셔야 하는 거 아니에요?" 즉답했다. "네가 가라, 브라질. 네가 가라, 케냐." 조그만 개인 카페에서 커피 선별을 위해 원산지를 방문한다? 가성비 제로에 해당하는 이야기라고 주장했다. "요즘 개인 카페는 개성이 있어야 하니까, 직접 볶는 것도 생각해 보세요." 진지함은 종종 비생산적이 된다. "야, 내가 커

피를 팔면 얼마나 판다고, 로스팅 기계를 사겠냐. 그리고 로스팅은 전문적인 기술을 필요로 하는데 이 나이에 그걸 새롭게 배우기는 무리다." 직접 로스팅할 생각도 안 해본 것은 아니지만, 그렇게 답변했다.

나는 이어서 덧붙였다. 원산지에서 커피콩을 선별해서 살 만큼 많은 양을 쓸 것도 아니고, 로스팅을 직접 배워도 며칠에 한 번이나 볶을 텐데, 매일같이 커피를 볶으며 씨름하는 전문 바리스타의 수준을 넘어설 수도 없다. 일관된 맛을 내기도 어렵고. 결론적으로 로스팅된 좋은 원두를 선택하면 된다고 역설했다. 후배는 많이 아쉬워했지만, 나는 '영자 카페(영세 자영업자가 하는 개인 카페)'의 한계를 들먹이며, 내 입장을 정리했다.

어떤 커피를 선택할 것인지 방향은 정해졌고, 이제부터는 실행이다.

손바닥만한 희망이라도

커피의 본령에 충실하자

커피 선택 방향을 정한 다음, 먼저 프랜차이즈 카페의 커피를 섭렵하기 시작했다.

재미로 읽던 소설, 재미로 보던 영화도 시험을 염두에 두고 읽거나 보면 재미는 사라지고 괜스레 어렵게 느껴진다. 비슷했다. 별생각 없이 마시던 커피를 시험 보듯 마시려니까, 무언가 모르게 부담이 생겼다.

A 커피. 쓰다. 지나치다고 느껴질 정도로. 커피야 본래 쓴 음료지만, 쓴 맛이 두드러졌다. 이른바 강한 커피다. 특히 커피를 마신 후의 뒷맛이 오래 지속된다. 마시고 나서 15분 거리에 있는 집까지 걸어갈 동안 쓴 뒷맛이 계속된다. 지나치다. 아메리카노 스타일로 마시기에는 심히 부담스럽다. 우유를 섞어 마시는 라테류로 마시는 게 좋겠다. 우리 식으로 표현하자면, 많이 탄 밥으로 만든

숭늉 같았다.

B 커피. 강한 맛이지만 A보다는 덜하다. 목 넘김도 부드럽고 뒷맛도 그리 오래 지속되지 않는다. 좋다. 향도 강하지는 않지만 괜찮다. 라테로 만들어도 나쁘지 않을 듯하다. 다음번에는 라테를 시켜보았다. 부드럽다. 커피 본래의 맛을 즐기면서 부담 없이 마실 수 있다. 숭늉으로 이야기하자면, 잘된 밥으로 만든 구수한 숭늉 같다.

C 커피. 밍밍했다. 향이 좋은 것도 아니었다. 라테로 만들면 커피 맛이 많이 가려졌다. 숭늉으로 치면 조금 덜 된 밥으로 만든 숭늉 같은 느낌?

모든 종류의 참고서를 다 보고 공부할 필요는 없다고 생각했다. 대략 이 정도면 되겠다….

A, B, C 커피의 좋고 나쁨, 옳고 그름을 판단하려는 게 아니었다. 내가 좋아하는 커피를 확인하고, 앞으로 그 커피를 내 카페에서 팔려는 것이다. 내 취향은 분명히 알았다. B의 커피 맛과 유사한 맛을 낼 수 있는 원두를 고르자.

목 넘길 때 너무 순하지 않고, 강한 맛과 약한 맛으로 나눌 때 강한 맛의 느낌이 드는 커피. 아메리카노로 아주 좋고, 라테로 만들어도 괜찮을 커피.

앞으로 고를 원두를 선택하는 기준을 다시 점검했다. 미국스페

셜티커피협회에서 품질을 정하는 기준을 참고하기로 했다.[*]

인터넷을 뒤졌다. 모두가 좋은 커피를 팔고 있었다. 아니, 좋은 커피를 판다고 주장하고 있었다. 실제는 어떠할까? 내 취향과 부합할까? 그것을 판단하는 일은 전적으로 내 몫이다. 각종 커피 재료를 취급하는 곳은 제외하고, 커피콩을 전문적으로 취급하는 업체 두 곳으로 압축했다.

한 곳에 샘플을 요청했다. 두 종류의 커피를 받았다. 강한 맛과 조금 덜 강한 맛. 커피를 만들어 마셔보았다. 약하다. 강한 맛이라고 한 것도 내 취향보다 약했다. 덜 강한 맛은 아주 밍밍했다. 담당자와 통화하며 내 의견을 말했더니, 원하는 대로 만들어줄 수도 있다고 한다. 원산지별 콩의 배합 비율이 정확히 표시돼 있지 않은 점도 마음에 걸렸다. 일단 보류.

다른 한 곳의 업체가 운영하는 오프라인 카페를 직접 방문했다. 다섯 종류의 싱글오리진(한 가지 원두로 만든 커피)을 마셔보았다. 예외 없이 좋다. 하지만 내가 팔 커피는 블렌디드 커피다. 그래서 에스프레소 머신 커피도 마셨다. 역시 좋다. 내 취향에 부합한다.

그 업체의 홈페이지를 다시 보았다. 다섯 종류의 머신용 커피가

---

* 미국스페셜티커피협회(SCAA)에서는 커피를 갈 때 나는 향(fragrance), 커피가 물에 녹을 때 나는 향(aroma), 커피를 마실 때 느끼는 향취(flavor), 뒷맛(after taste), 신맛(acidity), 무게감(body), 균형감(balance), 단맛(sweetness) 등을 평가 기준으로 채택하고 있다.

있다. 네 종류의 샘플을 주문했다. 며칠 후 네 종류의 원두로 커피를 만들어 마셔보았다. 모두 보기 좋게 크레마(crema)가 앉는다. 개중에는 향이 조금 약한 것도 있지만, 전반적으로 좋다.

그 중 하나를 선택했다. 내가 찾던 B의 커피 맛과 흡사하다고 느낀 종류다. 다시 마셔보았다. 신맛은 조금 덜하지만, 단맛도 살아 있고 뒷맛도 괜찮다. 머신 커피야 신맛이 적어질 수밖에 없겠지. 한 가지 아쉬움이라면 커피를 갈았을 때 나는 향이 조금 약한 듯하다. 그 정도야 감수하지. 브라질과 콜롬비아산 콩을 주종으로 한 블렌디드 커피. 그래, 이걸로 하자.

약한 맛을 원하는 사람에게는 조금 부담스러울 수 있겠지만, 숭늉이 아닌 커피를 마시려는 사람에게는 "커피란 이런 거요"라고 말할 수 있는 좋은 커피. 이걸 파는 거다!

나는 시간을 파는 사람이다

조금 전 남동생 부부가 카페에 다녀갔다. 늘 바쁘게 지내는 남동생 부부지만 오늘은 나를 위해 소중한 주말 시간을 뭉텅 썼다. 남동생보다 조금 더 커피에 관심이 있는 제수씨는 여러 가지 커피 이야기를 물어왔다. 나는 불과 몇 달 동안 책을 보고 공부한 주제에 마치도 잘 아는 것처럼 떠들어댔다.

카페 카덴차에 앞서, 나는 2012년 말부터 프랜차이즈 카페를 운영했다. 사업주는 나였지만 실제적인 운영은 아내가 담당했다. 카페 카덴차를 준비하기 전까지 내가 커피에 관해서 아는 것이라고는 전무했다. 커피 품종인 아라비카와 로부스타의 차이도 모를 정도로. 그래서 자괴심을 해소해 보고자 올 초부터 몇 권의 커피 관련 책을 읽었다. 드립을 포함해 여러 가지 방법으로 커피를 만들어 먹어보기도 했다. 개인 카페를 열 생각을 하면서, 커피에 관심 있는 사람들의 간단한 질문에는 답을 할 수 있어야겠기에 나름 열심히 공부했다. 오늘 제수씨의 질문에 답을 하다 보니 아주 엉터리로 공부한 것은 아닌 듯하다.

드립, 프렌치프레스, 에스프레소 머신, 에스프레소, 크레마, 아메리카노, 롱블랙, 룽고, 리스트레토, 싱글오리진, 로스팅 단계, 그라인딩과 커피 맛의 관계, 멜리타, 칼리타, 고노, 하리오, 커피의 쓴맛과 신맛, 코모더티 커피, 스페셜티 커피, COE 등등.

요즘 카페에서 커피를 배제할 수는 없다. 그래서 책을 보고 커피 공부도 했지만, 내가 생각하는 이 카페의 정의는 커피와는 거리가 조금 있다. 이 카페는 '시간을 파는' 가게다.

시간을 어떻게 파느냐고 할 수도 있겠으나, 나는 시간을 팔고 있다고 생각한다. 휴식을 위한 시간, 만남을 위한 시간, 공부를 위한 시간 등등. 이곳을 찾는 사람들이 필요로 하는 시간을 그들에게 제공하는 것이다. 눈에 보이지 않는 시간을 상품으로 가시화한 것이 커피고, 주스고, 빙수고, 나머지 음료들이다.

뜨거운 아메리카노를 마시며 이 글을 쓰는데, 커피 맛은 다층적이다. 검고, 뜨겁고, 쓴맛에 가려지긴 했지만 약간의 신맛이 살아 있고, 목으로 넘길 때 날카로운 맛이 느껴지는 개성 있는 커피. 강한 맛과 약한 맛으로 대별하면 강한 맛에 속하는 커피. 나름 커피를 좋아한다는 사람들의 취향에 부합할 수 있는 커피. 역

시 커피는 뜨거운 커피다.

이 커피가 나에게 생각하는 시간, 쉬는 시간을 제공한다. 이 카페를 찾는 사람들도 그런 생각을 할까? 다섯 시간째 카페를 지키는 나보다 먼저 와서 아직까지 컴퓨터를 들여다보는 손님. 저 손님은 시간이 많아 저러는 걸까, 시간에 쫓겨 저러는 걸까.

좋은 장사꾼이고 싶다. 예외 없이 유한한 시간을 살다 가는 사람들에게 좋은 시간을 파는, 선량한 장사꾼.

5월 중순이지만 한여름 같던 더위가 벌써 한풀 꺾였다. 창가에 저녁 기운이 어린다. 나는 오늘도 이렇게 시간을 팔고 있다.

손바닥만한 희망이라도

돈 때문에 카페를 한다면

돈. 한자로는 '전(錢)'이다. 전 자는 쇠 금(金) 자와 과(戈) 자 두 개가 겹쳐진 글자의 조합이다. 과는 창과 같은 병기를 뜻한다. 창이 두 개나 겹쳤다. 위험하다.

나는 돈 때문에 카페를 한다. 하지만 돈을 위해서 하지는 않는다. 돈이 필요해서 카페를 하되 돈을 목적으로 하지는 않는다는 뜻이다. 설명 안 해도 될 소리를 설명하자니 헛소리 같기도 하고 쓸데없는 소리처럼 들리기도 한다.

카페를 열기 전 나의 주요한 놀이터였던 국립중앙박물관에 가면, 한사군 무렵의 전시품 중에 '도전(刀錢)'이 있다. 말 그대로 칼처럼 생긴 돈이다. 녹이 슬었지만 옛날 칼의 모습을 분명히 확인할 수 있다. 그 칼과 비슷하게 생긴 건축물이 있다. 홍콩의 중국은행건물(Bank of China Tower)이다. 중국계 미국인 건축가 이오 밍

페이*가 설계했다. 홍콩을 소개할 때 빠지지 않고 등장한다. 이오 밍 페이가 중국은행건물을 도전과 비슷하게 설계한 것은 우연인 가, 필연인가.

칼은 인류의 가장 중요한 발명품 중 하나다. 칼의 함의가 '꼭 필 요한 것인 동시에 몹시도 위험한 것'임은 더 설명할 필요 없다. 하 지만 너무나 가까이 있다 보니, 그 함의는 일상에서 잊혀진다. 돈 의 함의처럼. 필수 불가결이지만 함부로 쓰면 안 되고, 조심해서 다뤄야 하는.

우리나라에서는 옛날에 사람이 죽으면 저승에서 쓰라고 노잣 돈을 함께 묻기도 했다. 옛 무덤을 발굴하면 종종 부장품(副葬品) 인 동전이 발견된다. 살아서도 돈 때문에 자유롭지 못했는데, 그 돈이 죽은 후에도 따라다닌다. 미국 드라마 〈CSI 뉴욕〉에서 그리 스인들이 죽은 사람의 눈에 돈을 붙여놓은 장면을 본 적 있다. 의 미는 물론 우리나라와 비슷할 것이다. 망자의 눈에 붙여진 돈. 인 상적이었다.

예수님도 돈에 대해서 생각을 좀 하셨던 모양이다. "카이사르의 것은 카이사르에게…"

돈이 없으면 품위 있게 늙기 어렵다. 돈에 함몰되어도 역시 마

---

* 이오 밍 페이(Ieoh Ming Pei)는 파리 루브르박물관 내 유리 피라미드의 설계자로 도 유명하다. I. M. 페이로도 칭한다.

찬가지다. 없어서 탈, 적어도 탈, 많아도 탈인 돈.

　오늘 카페에서는 돈을 많이 벌지 못했다. 돈 때문에 카페를 하는 자영업자 입장에서 별로 유쾌하지 않다. 그새 돈의 함의를 잊었나?

기다리기

⬦⬦⬦⬦⬦⬦⬦⬦⬦⬦⬦

〈고도를 기다리며〉라는 연극이 있다. 사무엘 베케트라는 작가
의 작품이다.

오래전에 보았는데, 출연 배우와 내용은 정확히 기억나지 않는
다. 지루했다는 느낌이 너무 강렬했기 때문인지 모른다. 도대체
이 연극은 무슨 이야기를 하려는지 알 수 없다고 투덜댔던 기억
도 남아 있다. 주인공인 두 명의 남자가 누군가를 기다리고, 기다
리는 사람은 오지 않고. 오늘도 기다리고, 다음날도 기다리고. 결
국 '고도'는 오지 않고, 두 사람은 계속 기다리고. 그러다 연극이
끝나던가.

모든 장사가 그렇지만, 장사하는 사람은 손님을 기다린다. 손님
의 주문을 기다리고 결제를 기다린다. 지난 주말, 장사꾼의 기다
리는 심정을 절감했다.

손바닥만한 희망이라도

메르스[*] 때문인지, 경기 탓인지, 신생 가게인 때문인지, 손님은 오지 않고 나는 계속 기다렸다.

그러다 보니 오래전 이해되지 않던 상황이 이해가 될 듯했다. 다름 아닌 식당에서 파리 잡는 종업원의 입장이다. 식당에서 파리채로 파리를 잡는 모습은 누가 보아도 깔끔하지 않다. 불쾌하다. 그래도 그런 태도를 보이는 사람이 간혹 눈에 띄었다. 지금 생각해 보니, 파리 잡는 종업원은 기다리는 지루함을 달래고 있었던 게 아닐까.

지난주 토요일 상황. 손님은 없고, 카페 안은 온갖 기계음만 가득하다. 냉장고, 냉동고, 커피머신이 내는 소리들이다. 그 기계들은 '기계적으로' 시간에 맞춰 기계음을 낸다. 지루한 나는 기계음에 민감해진다. 창밖으로 지나가는 사람을 헤아려본다. 그러다 초등학교 시절의 선생님을 떠올렸다.

5학년 때 담임선생님은 40분 수업 시간 동안, '에' 하는 허사(虛辭)를 수도 없이 반복하셨다. 한번은 몇 번이나 에 소리를 하시는지 헤아려보았다. 100번 정도는 되었던 것 같다.

카페 밖을 지나는 사람의 수는 에 소리의 몇 분의 1도 되지 않

---

[*] 2015년 초여름 대한민국을 강타한 감염성 질환. 이 질환으로 인해 수십 명이 사망했고, 감염성 질환에 대한 대응 체계의 문제점이 적나라하게 드러났다. 동시에 경기가 얼어붙는 기폭제가 됐고, 자영업자들은 매출 폭락 폭탄을 맞았다.

는다. 카페 안으로 들어오는 사람은 '0⒳명'이고. 0에다 어떤 수를 곱해도 0이 된다는 곱셈의 기본을 확인한다.

오늘 현재 상황. 나는 손님을 기다리고, 알바생은 퇴근 시간을 기다린다. 카페에 앉아 있는 저 사람들은 무얼 기다릴까. 컵에 그려진 '랄랄라' 로고가 생경하다.

사무엘 베케트가 혹시 전염병이 돌 때 카페를 운영했던 것은 아닐까.

준자의 카덴차몽

한가한 토요일 오후의 졸음. 말 그대로 백일몽(白日夢)이다. 방학에 돌입한 여대 앞 카페 카덴차는 태풍이 아닌 무인풍을 맞아 개점휴업 비슷한 상태에 있다. 당번을 서야 하는 사장 박 모 씨는 지루할 것을 예상하고 책을 한 권 들고 나왔다.

《장자》, 내편(內篇). 대학원 다닐 때 공부하던 책이다. 종이는 누렇게 바랬다. 떡 제본 중간이 떨어져, 책이 세 덩어리로 나뉜다. 펼쳐서 읽어보니 글씨가 너무 작아서 돋보기를 쓰고도 부담스럽다. 공부하는 자세가 아닌, 소설책 읽는 자세로 줄줄 읽었다. 한자도 신경 쓰지 않고, 주석도 살펴보지 않으면서 읽어 내려갔다.

소요유(逍遙遊) 제1, 제물론(齊物論) 제2, 양생주(養生主) 제3, 인간세(人間世) 제4… 여기까지 읽었다. 소요유의 '뻥' 이야기 대붕(大鵬), 제물론의 호접몽(胡蝶夢), 양생주의 '도 통한 백정 이야기'

　　　　　　손바닥만한 희망이라도

포정지도(庖丁之道) 등. 익히 아는 내용이지만, 다시 읽으니 느낌이 새로웠다.

그로부터 며칠 후, 대학 선배가 찾아오기로 해서 평소보다 조금 빨리 출근했다. 그 선배는 전부터 동창들과 같이 공부를 한다고 했다. 수년 전에 《맹자》를 읽는다고 했다. 쉽지 않은 《맹자》. 내가 제대로 읽어본 적 없는 《맹자》.

내가 출근하니, 카페에 벌써 세 명이 모여 있었다. 인사를 나눴다. 알고 보니 사학과와 영문과 출신 동창들이다. 내게는 모두 선배다. '시어머니'를 단체로 만났다.

테이블을 보니 《반야바라밀다심경》이 놓여 있다. 오늘은 이 책을 공부하느냐고 물었다. 아니란다. 오늘 공부할 책은 《장자》란다.

'장자?'

그 중 인간세 편*을 공부할 거란다.

'이건 뭐지?'

나는 가방에서 《장자》를 꺼내 보여주었다. 놀라기는 선배들도 마찬가지. 여러 사람이 가방 속에 고전 《장자》를 넣고 다닌다 해

---

* 인간세 편은 제목이 보여주는 것처럼 세상 살아가는 방법에 대해 논설을 펼친다. 공자의 제자 안회가 공자에게 가르침을 청하고, 이에 대해 공자가 한마디 하는 형식을 취하고 있다. 장자의 주특기인 비틀기가 등장한다. 세상살이와 정치에 적극적으로 개입하려던 공자와는 사뭇 다른 모습의 공자가 등장한다. 시쳇말로 '디스(disrespect)'?

서 이상한 일도 아니고, 지하철 옆 자리에 앉은 두 사람이 함께 《장자》 인간세 편을 읽지 말라는 법도 없다. 하지만….

혹시 내가 '장자 외전(外傳)'쯤에 나오는 에피소드를 읽고 있는 것인지, 손님이 없어 졸다가 백일몽을 꾸는 것은 아닌지.

손바닥만한 희망이라도

도 닦는다고 생각해

어제 살았듯 오늘 살고, 오늘 살듯 내일 살고. 이렇게 큰 변화 없이 살아가는 하루하루를 일상(日常)이라고 한다. 날을 표시하는 일 자에 '늘 그렇다', '변화 없이 똑같다'는 상 자가 붙었으니, '늘 그러한 날'쯤 되겠다. 일상이라는 단어에 흔히 따라붙는 수식어로는 평범한, 지루한, 변화 없는 등이 있다. 그 단어들에는 부정적 의미가 포함돼 있다.

하지만 힘든 시간들을 보내다 보면 평범한 일상이 그리워지기도 하고, 일상으로 돌아왔을 때 고마운 마음이 들기도 한다. 사람의 마음이 참 간사하다 싶지만, 원래 사람이란 동물이 그렇게 생겨먹은 게 아닐까.

한반도에 사는 사람들이 끼니 걱정하지 않고 산 지는 얼마 되지 않는다. 유구하다는 5천 년 역사를 생각하면, 그 5천 년 역사의 1퍼센트쯤 되려나?

어쩌다 한 끼 거르면 먹는 생각만 머릿속에 가득하고, 두 끼쯤 굶으면 장발장을 한번쯤 떠올리게 되고, 세 끼쯤 굶으면 삼시 세 끼 거르지 않고 찾아먹던 일상이 그리워진다. 이런 때 우리 조상들의 일상이었을 수도 있는 삼순구식(三旬九食), 즉 30일에 아홉 끼니 먹는다는 뜻의 구식(舊式) 성어를 들이대면, 일상의 고마움을 새삼 느끼려나?

나는 2년에 한 번쯤은 족저근막염을 앓는데, 요즘이 바로 그때다. 몸무게 앞자리 숫자를 7로 유지하려고 매일 1만 보쯤 걸었더니 다시 족저근막염이 생겼다. 통증 없이 발을 디디던 일상이 그리워진다.

요즘 내 일상은 아침 10시 카페 카덴차에 출근해서 오후 5시까지 근무한다. 알바생이 출근하면 교대하고 퇴근한다. 대학가 카페의 최대 난적인 방학에 휴가철까지 겹쳐 지난주부터는 양수겸장(兩手兼將)을 맞은 꼴이 되었다.

그 바람에 지루함과 반복을 못 견뎌하는 내 얕은 성정을 잘 아는 아내는 걱정거리가 하나 더 늘었다. 50년 넘게 살고, 그 가운데 30년 가까이 나와 함께 산 아내는 도가 통했는지 나에게 충고를 한다.

"도 닦는다고 생각해."

요즘 나는 이렇게 1천만 명 넘게 사는 서울의 중북부 지역 여대 앞 카페에서 도를 닦고 있다. 화두는 '일상'이다. 며칠간 도를 닦았더니 변화 없고 지루하던 일상의 고마움까지 생각하게 되었다. 도가 통할 날이 머지않았나 보다.

카덴차는 왜 카덴차가 되었나

카덴차(Cadenza)는 이탈리아어로 '끝마침'을 뜻하는 단어다. 이 단어는 특히 클래식 음악의 협주곡 등에서 오케스트라 반주 없이 독주 악기가 연주하는 것을 가리킨다.

이 독주 악기의 연주 부분은 작곡자가 지정하는데, 흔히 1악장과 마지막 악장의 끝부분에 위치했기 때문에 끝마침을 뜻하는 카덴차가 음악 용어로 자리 잡았다. 독주 악기는 주로 피아노나 바이올린이 된다. 이때 독주자는 자신의 기교를 마음껏 발휘하여 화려하고 자유롭게 연주한다. 정리하면, 이탈리아어로 끝마침을 뜻하던 단어 카덴차가 변천 과정을 거쳐 협주곡의 독주를 가리키는 단어로 자리 잡게 된 것이다.

이 정도의 사전 지식을 갖고 카페의 이름을 정하게 되었다. 하지만 단어의 복잡성만큼이나, 그냥 쉽게 카덴차로 정해진 것은 아

손바닥만한 희망이라도

니었다. 여러 가지 이름을 떠올린 후 하나씩 지워나갔다. 지워진 이름 중에는 여성을 뜻하는 불어 팜므(Femme)도 있었고, 커피82, 가배본색 등이 있었다.

몇 사람에게 의견을 물었더니 카덴차가 좋다는 의견은 많지 않았다. 'ㅋ'과 'ㅊ' 같은 격음이 많다는 반대 의견도 있었고, 이름이 어렵다는 반대 의견도 있었다. 나는 커피나 카페에 이미 격음이 들어 있기 때문에 한두 개 더 들어간다고 해서 나빠질 것도 없다고 반박했고, 스타○스는 이름이 쉬워서 유명 카페가 되었느냐고 반론을 제기했다. 카페가 흥하면 이름은 자리 잡을 거고, 아니면 기억에서 사라질 거라고 기염 아닌 기염을 토했다. 그랬더니 그렇게 다 정해놓고는 뭐하러 묻느냐는 재반박 의견도 나왔다.

더 이상 신중해 봐야 혼란만 커질 것 같아 내 마음대로 정하기로 했다. 카페 카덴차의 영문 글자체의 기본 로고를 디자인한 후, 이어서 심벌을 디자인했다.

카덴차를 카페 이름으로 선택한 이유는 '연주자가 자신의 마음대로 연주할 수 있다'는 자유로움과 분방함 때문이었다. 작금의 카페 문화를 주도하는 프랜차이즈 카페들의 정형화된 운영 방식에서 벗어나 카페 운영자 마음대로, 동시에 고객의 요구를 쉽게 반영할 수 있는 자유로운 분위기로 카페를 운영하려는 것이었다.

따라서 이 '실험'의 성공 여부는 카페 운영자의 뜻만이 아니라,

고객과 카페 운영자의 소통에 따라 결정될 것이다. 이런 의도에서 카페 카덴차는 몇 가지 시도를 했다.

세계 각지에서 직접 구입한 머그(mug)잔을 벽면에 전시하고, 커피와 함께 즐길 수 있는 과자를 고객이 원하는 만큼 가져가도록 하는 놀이, 또 정답을 맞추면 할인 혜택을 주는 퀴즈 등을 진행하고 있다. 카페 카덴차 블로그에서는 커피와 관련한 정보를 제공하는 '커피이야기'도 게재하고 있다. 이번 가을을 앞두고 고객의 취향을 반영한 메뉴도 개발할 예정이다. 몇 가지 의견을 들었는데, 어떻게 수렴할지 고심 중이다.

바이올린의 네 개 현, 피아노 건반을 당기는 여든여덟 개의 현, 악보의 오선 위에서 줄타기를 한 지 1년 남짓. 조금씩 많아지는 관객들의 반응과 박수가 뜨거운 갈채가 되도록 만들어가는 건 내 몫이다. 부담 없이 칭찬과 박수갈채만 받는 연주자는 세상에 없다. 열심히 연습하고, 즐겁고 자유롭게 연주하다 보면 부담도 줄고 박수도 커질 것으로 기대한다.

손바닥만한 희망이라도

마음껏 집어보세요

◇◇◇◇◇◇◇◇◇◇◇◇◇◇◇◇◇◇◇◇◇◇◇◇◇◇◇◇◇◇◇◇◇◇◇◇

　카페 카덴차에서는 로○스라는 과자를 판다. 로○스는 낱개 포장된 조그만 과자다. 단맛이 강해, 커피와 함께 먹으면 제격이라고 생각해서 판매를 시작했다. '몇 개에 얼마' 할 수도 있지만 좀더 재미있게 팔고 싶었다. 그래서 투명한 통에 과자를 넣어놓고, 1천 원을 내면 원하는 만큼 가져가도록 해보았다.

　상한선이 없다면 카페 주인은 물론 손해를 본다. 하지만 통의 입구가 좁아서 많이 움켜쥐면 손을 뺄 수 없다. 여기까지 읽으면 대부분 〈원숭이와 사탕 통 우화〉를 떠올릴 것이다. 출발점은 바로 그 우화였다. 손님을 무시하려는 게 아니라, 재미를 부여하기 위해 만든 판매 방법이었다.

　이 과자를 대하는 사람들의 반응은 거의 동일하다. 재미있다는 반응이 첫 번째다. 그 후 실제로 과자를 구입하는 손님이 있고,

한번 해보면 안 되느냐며 한 줌을 쥐어본 후 웃고 마는 손님이 있다. 구입하지 않아도 재미를 느낀다면 이 시도는 성공한 셈이다.

실제로 구입하는 사람들의 반응도 거의 동일하다. 양껏 과자를 움켜쥔다. 그런데… 너무 많이 잡으면 손을 뺄 수가 없다. 이때 사람들은 대부분 원숭이와 사탕 통을 떠올린다. 지켜보던 내가 한마디 한다. "이 통은 절제를 가르치는 통입니다." 이때 손님들의 속마음을 표현해 본다면, '잘났어, 정말'쯤 될지 모르겠다. 과자를 꺼내기 전, 긴장된다며 손을 풀거나 심호흡하는 손님도 있다. 기대한 것보다 재미있다.

주인 입장에서 이 과자의 손익분기는 여섯 개쯤 된다. 대부분의 손님은 여섯 개 이상을 꺼내므로, 밑지는 장사다. 이익을 기대하고 판매한 게 아니므로, 더 많이 꺼내도 관계는 없다.

간혹 아홉 개, 열 개를 꺼내는 손님도 있다. 그런 손님은 나에게 묻는다. "더 많이 꺼낸 사람도 있어요?" 우리나라 운동선수들이 올림픽에서 좋은 성적을 내는 이유를 짐작할 수 있는 대목이다. 아홉 개일 경우 나는 '최고 기록'이라고 답한다. 그 대답에 손님은 만족해한다. 물론 열 개를 꺼낸 사람도 몇 번 있었다. 네다섯 개밖에 못 꺼낸 손님이 아쉬워하는 경우에는 두 개쯤 덤을 주기도 한다.

며칠 전, 드디어 최고 기록이 경신되었다. 열한 개를 꺼낸 손님이 나타난 것이다. 친구와 함께 온 여학생이었는데, 한 줌 가득 과자를 움켜쥐었고 손은 물론 빠지지 않았다. 옆의 친구가 그만하라고 만류했지만, 그 손님은 포기하지 않았다. 결국 손을 빼냈고, 개수를 헤아렸다. 무려 열한 개. 그 여학생은 자신보다 더 많이 꺼낸 사람이 있느냐는 질문도 빼놓지 않았다. 최고 기록이라고 답했다. 여학생은 과자에 만족했고, 기록에 만족했다. 기쁨 두 배! 나는 손해를 많이 봤다고 너스레를 떨었다. 기쁨 세 배?

또 다른 손님의 예. 친구와 함께 온 한 손님이 과자 통을 보더니 다른 데서 공짜로 주는 걸 판매한다며 조금 냉소적인 반응을 보였다. 처음 보는 반응이었다. 우려했던 '위험 요소'가 드러난 것이다.

이 놀이를 시작할 때 알바생들에게 물었더니 한 명이 "이 과자는 미용실에서 공짜로 준다"며 반대 의사를 표했다. 나는 "미용실의 커트나 파마는 훨씬 돈이 비싸잖아" 하면서 그 반대 의견을 묵살했다. 마음속으로는 한마디 더했다. '미용실에서는 커피나 차도 공짜로 주잖아. 그럼 커피도 돈 받으면 안 되는 거야?' 사람은 역시 자기 합리화를 하는 동물이다.

절제 운운 하는 내 생각을 이미 꿰뚫고 있던 손님도 있었다. 친구와 함께 온 여학생이었는데, 1천 원을 낸 후 과자를 한 줌 집었다. 손은 쉽게 빠졌다. 왜? 몇 개 집지 않았기 때문이다. 오히려 내가 궁금해져서 몇 개냐고 물었다. 여섯 개였다.

내가 놀란 것은 그 다음의 손님 반응이었다. 이 손님은 이렇게 많이 필요 없다며 두 개를 다시 나에게 내밀었다. 나름 '리액션'이 빠르다고 생각하는 나도 쉽게 대응이 되지 않았다. 고맙다고 말 했고, 손님은 담담한 표정으로 과자 네 개를 들고 자리로 향했다. 절제를 가르치는 통이라고 헛소리하는 나에게 그 손님은 "절제란 이런 거예요" 하는 듯했다.

손바닥만한 희망이라도

새해인 듯 새해 아닌 새해 같은

~~~~~~

오늘은 음력 1월 3일, 양력으로는 2월 10일이다.

우리나라는 세계의 다양한 문화권 가운데 드물게 양력과 음력 모두 큰 비중으로 사용한다. 그러다 보니 새해를 매번 두 번씩 맞는다. 아무래도 대세는 양력이므로 음력 새해는 새해 느낌이 덜하다. 그래서 요즘 며칠은 '새해인 듯, 새해 아닌, 새해 같은' 날들이다. 특히 지난해부터는 대체 공휴일제까지 시행되어 만 5일의 연휴가 주어진다. 새해와 명절 느낌보다 노는 날 느낌이 더 커진 듯하다.

연휴가 시작되는 날부터 4일간 카페 문을 닫았다가 오늘 다시 열었다. 문을 열면서, 연휴인데 손님이 있을까 반신반의했다. 두 시간여가 지난 지금 손님이 없지는 않다. 그렇다고 정상 영업을 할 때처럼 있는 것도 아니다.

오늘 카페 카덴차를 찾은 손님들은 어떤 사람들일까. 젊은 여성들인 걸로 보아서는 가까운 곳에 집이 있거나, 원룸에 기거하는 학생들 같은데, 고향에는 갔다 온 것일까? 아니면 무슨무슨 시험 준비를 하는 취업준비생들일까. 평소와 다름없이 그들은 커피와 음료를 주문했고, 노트북을 사용했다. 와이파이 비번도 물었다.

어제 그제와 비슷한 날들 하나하나에 고유한 값을 부여하고, 그로 인해 의미가 생겨나게 한 인간의 지혜는 참으로 탁월하다.

다산(茶山) 정약용 선생은 유배지 강진에서 새해를 맞으면서 자신의 아들에게 이런 글을 써보냈다.

새해가 되었다. 군자는 새해가 되면 반드시 마음과 행실을 한 차례 새롭게 다잡아야 한다. 내가 젊었을 때 설날이 되면 언제나 미리 1년의 공부 목표를 정하곤 했다. 예를 들어 어떤 책을 읽고, 어떤 책을 초서할 것인지 등을 말이다. 그런 뒤에 이에 따라 실행하였다. 어쩌다 몇 달 뒤 사고 때문에 예정대로 할 수 없게 되더라도, 선(善)을 즐거워하고 앞을 향해 가려는 뜻만큼은 스스로 또한 덮어가릴 수 없었다.*

대학 앞에서 카페를 하기 때문일까. 새해인 듯 새해 아닌 새해

---

* 정민, 《삶을 바꾼 만남-스승 정약용과 제자 황상》, 문학동네, 2012년, 50쪽. 1803년 다산이 새해 첫날 두 아들에게 보낸 편지 중에 나오는 내용이다.

같은 때에, 훈장(訓長)인 듯 훈장 아닌 훈장 같은 카페 주인이 해본 생각이다.

인생은 매듭 풀기다

벌써 30년이 넘었다. 내가 대학을 졸업하던 2월 어느 날. 그날의 풍경이 정확히 기억나지 않는 것은 내 기억력 탓이 아니라, 오랜 세월 탓이다.

며칠 전, 성신여대의 졸업식 하객들을 바라보면서 나의 대학 졸업식을 떠올렸다. 그날 날씨가 추웠는지 어땠는지, 졸업식장에 참석했던 하객들이 누구였는지는 정확히 기억나지 않는다. 심지어 내가 졸업식에 참석했는지조차 헷갈린다. 졸업식 축사가 한마디도 기억나지 않는다고 해서 그날 나의 졸업식 불참을 확정할 수는 없다. 아마도 졸업식에는 참석했을 것이다. 어렵게 한 졸업이었으니까.

전공 공부를 워낙 등한히 한 탓에 "8학기 졸업은 힘들 것"이라는, 3학년 때 지도교수의 애정 없는 충고 혹은 협박에도 불구하고 나는 8학기에 무사히 대학을 졸업했다. 그날 저녁 우리 집에서 열린 자축연(?)에는 친구와 선후배 여러 명이 찾아왔다. 그렇게 대충대충 공부하고도 대학을 제때 졸업하는 신기한 학생을 보러 말이다.

공부를 열심히 해보겠다며 대학원에 진학했지만, 공부는 뜻대로 잘 되지 않았다. 안 하던 공부를 뒤늦게 시작한 탓도 있고, 전공을 바꿨기 때문이기도 했다. 힘든 만큼 나름대로 만족감도 있었다. 초심을 잃지 않으려 노력했고, 아주 열심히 공부했다. 덕분에 그 공부를 바탕으로 20여 년간 직장 생활하며 '먹고 살 수' 있었다.

카페 카덴차를 찾는 학생들 중 얼굴이 익은 학생들에게 가끔 묻는다. 전공이 뭐고, 전공 공부를 잘하느냐고. 돌아오는 답. 많은 학생이 전공에 별 관심이 없다고 한다. 안타깝다. 가장 공부하기 좋은 시기를 아깝게 보내버리는 듯해서 말이다. 내가 누구보다도 확실한 유경험자니까 잘 안다.

이런 일이 발생하는 원인은 여러 가지일 것이다. 그 이야기를 여기서 할 마음은 없다. 한마디만 하자면, 성적에 맞춰 대학을 가는 게 아니라, 적성을 잘 파악해서 그에 맞는 전공을 택하게 해주는 것이 무엇보다 중요하다고 생각한다. 너무나 피상적이고 원론적인 이야기라고? 구체적이고 현실적인 내 나름의 대안이 있지만,

그 이야기는 좀더 형식을 갖추고 근거를 제시하며 해야 할 듯해
서 일단 이 정도로 그친다.

아직까지 기억하는 졸업 축하 글귀.

"인생은 매듭을 풀어가는 과정이다. 지금 당신은 하나의 매듭
을 풀었고, 당신 앞에는 또 하나의 매듭이 놓여 있다."*

대학 졸업 후 30여 년을 살아보니 그 매듭 풀기가 삶의 고비마
다 실감나게 와 닿았다. 쉽게 푼 매듭, 어렵게 어렵게 푼 매듭, 포
기한 매듭…. 어떤 때는 '내가 이 매듭을 왜 풀고 있는 거지?' 할
때도 있었다. 돌이켜보면 쉽게 푼 매듭은 별로 없는 듯하다.

졸업 축하로는 걸맞지 않은 이 인사를 전한 여학생은 그 후 내
아내가 되었고, 지금까지 부부로 살고 있다. 내 아내는 자신이 선
택한 '남편'이라는 매듭을 아직도 풀지 못한 채 매일매일 낑낑거
리고 있다.

---

* 이 글귀는 "인생은 무거운 짐을 지고 먼 길을 가는 것과 같다"는 일본 전국시대의
  패자(覇者) 도쿠가와 이에야스[德川家康]의 인생론을 떠올리게 한다.

손바닥만한 희망이라도

스트로 구멍으로 바라본 바깥세상

하루 만에 생긴 변화다. 더 정확히 말하면 하루 만에 느낀 변화다. 오늘 아침 출근길 동네 가로수에 연둣빛이 확 돌았다.

우리 동네 가로수는 은행나무다. 길 양옆으로 1킬로미터가 넘게 줄지어 서 있다. 같은 길인데 어제와는 확연히 달랐다. 틀림없이 녹색 계열이지만, 녹색이라고 하기엔 짙음이 부족하다. 연둣빛이라고 하면 좀더 맞을 듯하다. 게다가 밤에 내린 비를 머금어 푸른빛에 생기가 돌았다(이때는 연둣빛을 어쩔 수 없이 푸르다고 해야 할 것 같다).

운전을 하면서 보니, 오른쪽 잎새가 더 푸르러 보인다. 오른쪽 나무들은 남면(南面)이다. 북면(北面)인 왼쪽 은행나무들보다 햇살을 더 받은 때문일까, 푸른빛이 더하다. 생기 가득한 연둣빛을 머금은 가로수. 물기에 젖은 도로. 차를 세우고 내려서 걷고 싶었다.

카페 카덴차 앞의 도로도 비에 젖어 있다. 오픈 준비를 마치고 바깥에 나섰다. 그새 도로의 물기가 많이 가셨다. 손님이 하나둘 들어온다. 오늘도 역시 '아이스 아메리카노'의 행진이다.

지난 월요일부터 그랬다. 더운 봄 날씨에 아이스 아메리카노를 찾는 손님이 부쩍 늘었다. 하루 종일 카페 안에 갇혀 있지만 주문하는 메뉴를 보면 바깥 날씨를 알 수 있다. 맑고 더운 날은 아이스 아메리카노다. 습기 차고 더운 날과도 좀 다르다. 그런 날은 라테류가 섞인다. 더 더워지면 얼음을 갈아 만든 음료 주문이 부쩍 늘어난다. 더 더워지면? 꼭대기 변곡점에 빙수가 있다. 그보다 더 더워지면…? 변곡점을 지나면 하강하기 마련. 걸어다니기 싫을 정도로 더워지면 손님이 줄어든다.

날씨가 점점 맑아진다. 카덴차 앞 도로는 완전히 말랐고 햇살은 더 강해진다.

이렇게 카페 안에서 바깥세상을 바라보자니, 어디선가 본 '관규(管窺)'라는 단어가 떠올랐다. 대롱 관 자에, 구멍 규 혹은 엿볼 규 자가 합쳐진 단어다. '대롱으로 바라다보는 좁은 식견'을 가리킨다. '우물 안 개구리'를 뜻하는 정저지와(井底之蛙)와도 비슷한 단어다.

아이스 음료를 마실 때는 스트로(straw)를 사용한다. 스트로 구멍을 통해 바라보는 세상. 과연 그 세상은 어떨까? 나는 스트로를 눈에 대고, 아이스 아메리카노 마시는 손님을 바라보았다(사람들은 아주 무료하면 예상 밖의 행동을 하기도 한다). 스트로를 갖다 댄 눈이 아닌 다른 쪽 눈을 감아야만 보인다. 보이긴 보이는데 정말로 시야가 좁다.

아침에 본 가로수의 생생한 연둣빛 때문인가, 오늘은 카페 안이 조금 답답하다.

열심히 공부한 당신, 떠나라

그들도 떠날 모양이다. 지난주에 이어 다시 카덴차를 찾은 여학생 두 명은 창가 쪽 자리에 앉았다. 높이 봐도 3학년을 넘지는 않겠다. 몇 권의 여행 책자를 펼쳐놓더니, 오늘은 노트북도 함께 본다. 책자를 힐끗 보니 스위스, 이탈리아, 프랑스쯤을 가는 모양이다.

지난해에도 몇 명의 여학생이 이맘때쯤 해외여행 계획을 짜는 것을 보았다. 그들 중 두 명은 바르셀로나에 간다고 했다. 내가 가봤다고 했더니 반색하며, "아, 정말요?" 하고 물었다. 의례적 의심 화법인 줄 알기에 그렇다고 대답하며, 카페 카덴차 벽에 장식해 놓은 머그잔을 꺼내 보여줬다. 바르셀로나에서 구입한 기념품이다. 안토니오 가우디의 사그라다파밀리아(Sagrada Familia, 성가족성당)가 그려져 있다.

손바닥만한 희망이라도

실물을 확인한 두 여학생이 스페인 현지에 관해 물어보길래 나는 인상적으로 느꼈던 몇 가지를 이야기했다. 스페인에서는 영어가 거의 통하지 않는다는 것과 바르셀로나에서 돌아볼 가우디의 기념 건축물들. 구엘공원, 카사밀라, 카사바트요…. 사그라다파밀리아 지하에 가우디의 묘소가 있다는 것도 덧붙였다.

영어가 전혀 통하지 않던 스페인. 수도인 마드리드 한복판에서도 영어는 통하지 않았다. 마드리드의 유명한 투우장 앞 레스토랑에서 '브레드'라는 단어가 통하지 않으리라 상상이나 했겠는가. 결국 나는 아구아(물), 아세오스(화장실) 등 생존에 꼭 필요한 스페인 단어들을 외우기 시작했다.

그해 스페인은 여행객 수인지, 여행 수지 면에서인지 프랑스를 제치고 세계 1위를 했다고 떠들었다. 그걸 보면서 영어를 못하는 스페인 사람들이 이해될 듯도 하고 아니기도 했다. 한여름 스페인의 태양만큼 강렬했던 기억은 시간의 흐름보다 느리게 퇴색한다. 스페인에 다녀온 지 10년이 넘었지만 불과 얼마 전의 일처럼 생생하다.

반면 스위스 국민들은 한 명 한 명이 관광 홍보대사라고 자임하는 듯했다. 길에서 지도를 꺼내 보고 있노라면 누군가 다가와서 혹시 안내가 필요하냐고 묻는다. 여행객의 방어 본능을 자극하지 않고 친절하게 묻는 그들을 보면서 하루아침에 갖춰진 자세가 아니라고 생각했다.

2009년 여행 때는 취리히에서 시작해 인터라켄과 알프스를 들러 제네바까지 갔다가, 루체른·베른 등을 거쳐 다시 취리히로 돌아왔다. 인터라켄의 엉터리 한식당. 동남아 식당에서 한국 음식까지 만들어 팔고 있었다. 그러니 우리의 한식과는 상당히 거리가 있을 수밖에. 하지만 여행 시작 후 3~4일이 지난 때라 우리 음식에 대한 갈증을 조금이나마 해소할 수 있었다.

10일간의 스위스 횡단 여행. 그 중 백미는 알프스 밑자락 뮈렌에서 머문 3일이었다. 호텔 방 창문을 열면 융프라우와 아이거가 손에 잡힐 듯 가까이 있었다. 밤하늘에 쏟아져내리던 별들….

이후 나에게는 "여행을 해본 사람은 두 부류로 나눌 수 있다. 알프스 턱밑에서 숙박을 해본 사람과 그렇지 못한 사람"이라고 잘난 척하는 버릇이 생겼다.

이탈리아 베네치아에서 한밤중에 기차를 기다릴 때의 공포, 베네치아의 대중교통수단(버스라고 부르지만, 실제로는 배다) 파업으로 배가 다니지 않아서 당황했던 기억 등.

여행 계획을 짜는 학생들을 보면 방학이 다가옴을 느낀다. 하긴 카덴차의 알바생들도 벌써 여행 계획을 다 짜놓은 모양이다.

내 경험을 떠올려봐도 젊을 때 놀아야 한다. 공부할 만큼 했으면 좀 놀아줘야 한다. 왜? 나이 들수록 놀기 어려워지기 때문이다. 결혼하면 가족 간 스케줄 맞추기도 어려워지고, 직장을 다니다 보면 아무리 연차휴가가 많아도 눈치를 안 볼 수 없으니 말이다. 만약 건강이 안 좋기라도 하면 여행은 더 어려워진다.

여행 다니며 놀기 위해서도 학기 중에는 열심히 공부해야 한다. 여행 비용을 마련하기 위해 아르바이트도 열심히 해야겠지. 잘 아는 여학생 한 명은 4학년 되면 취업 준비를 해야 한다며 3학년 여름방학 때 유럽을 한 바퀴 돌고 왔다. 무려 한 달 가까이를 유럽에서 보냈으니 유럽 한 바퀴라는 말이 별로 틀리지 않을 것이다. 그 학생은 여행을 위해 1년 반 가까이 열심히 아르바이트했고, 수백만 원의 여행 경비를 모았다.

10년쯤 전인가. 한 카드회사에서 만든 광고가 세간의 화제가 되었다. 광고 카피는 간단했다. "열심히 일한 당신, 떠나라"였다. 열심히 일하던 나는 그 광고를 보면서 결의를 다졌다. 떠나야겠다. 꼭, 꼭, 꼭. 떠날 생각을 하지 않는 직장 동료들은 없는 듯했다. 결과적으로 떠나지 못한 자들도 있었으나, 마음은 모두 떠났다.

직장 생활이든 학생 시절이든 힘든 삶은 그렇게 떠남을 부추기고, 그 병은 여행이란 약을 복용하지 않으면 낫기 힘들다.

손바닥만한 희망이라도

음식 만들기의 끝이자 시작

카페 카덴차뿐만 아니라 모든 카페, 아니 모든 음식점에서 상당히 많은 시간을 할애하는 일은 '설거지'다. 음식을 만드는 데 들어가는 시간 못지않게 설거지에도 많은 시간이 소요된다. 그릇이 없으면 어떻게 음식을 담아서 손님에게 제공할 것인가. 그래서 설거지는 음식 만들기의 끝인 동시에 시작인 셈이다.

나는 아침 출근길에 라디오를 듣는다. 흔히 '여성 프로그램'이라고 부르는 방송이다. 오늘 소개된 사연 가운데 하나는 중국집에 음식을 시킨 후 그릇을 되돌려주는 이야기였다. 그게 뭐 색다를 게 있을까 싶지만, 실상은 참 다양했다.

한 사연 참여자는 그릇을 돌려줄 때 깨끗이 씻어서 돌려준다고 했다. 남녀 진행자들은 그 배려심에 공감했고, 여러 청취자가 자신도 그렇게 한다고 응답했다. 한 사람은 자신이 그릇을 씻어 내놓는 것을 보더니, 앞집도 그렇게 하더라는 이야기를 했다. 어떤 사람은 자신의 어머니가 전에는 그렇지 않았는데, 식당에서 설거지 알바를 한 후부터 그릇을 씻어 내놓으신다고도 했다. 다른 사람은 그릇을 씻은 후 가져가기 편하도록 1층에 내려놓는다고도 했다.

오래전 나의 경험. 부모님이 살아 계실 때 이야기다. 우리 형제들은 부모님 댁에 모일 때면 중국 음식을 시켜먹고는 했다. 식사 후 그릇을 내놓을 때 내가 씻어서 내놓아야 한다고 했더니, 어머니는 "그렇게 하면 음식점에서 장사가 잘 안 된다고 싫어한다"면서 그냥 내놓으라고 하셨다. 나는 그건 아마도 옛날 '식모'*가 있던 시절, 식모들이 그릇 씻기 귀찮으니까 만들어낸 이야기일 거라며 일축했다.

그 결과 설거지는 나의 몫이 되었다. 형·오빠의 유난스러움을 잘 아는 동생들은 아무 말 없이 설거지에 동참했다. 내가 설거지를 굳이 주장한 이유는 그릇을 들고 가는 배달원의 입장 때문이었다. 국물이 있을 경우 들고 가는 배달원이 불편함을 겪을 것은 자명하다. 그래서 시작한 일이었고, 깨끗한 그릇을 돌려주면 결국

---

* 1970년대 중반쯤까지 사용하던 단어다. 입주해서 집안일을 도와주던 어리거나 젊은 여성을 가리킨다. 그 단어 자체에 비하의 의미가 들어 있다고 생각해, 그 후에는 파출부를 거쳐 가사 도우미라는 단어로 정착했다. 과거에 존재하던 단어라, 그대로 사용했다.

손바닥만한 희망이라도

내가 다음에 먹을 그릇도 깨끗해질 것이라는 막연한 기대도 들어 있었다.

일제 시대와 한국전쟁, 화폐개혁 등 온갖 난리를 겪으신 탓일까. 어머니는 "그러다가 그 그릇을 씻지 않고 그냥 사용하면 어떡하느냐"는 걱정도 하셨다. 물론 한 귀로 듣고 다른 귀로 흘렸다.

그런데 어느 날부턴가 배달원은 그릇을 수거할 때 철가방을 들지 않고, 하늘색 플라스틱 통을 갖고 다녔다. 그 통은 물난리 겪는 지역에서 물 담아두는 용도로 쓸 법하게 커다랬다. 국물 때문에 겪는 애로를 한방에 해소하는 묘책이 등장한 것이다. 설거지를 해서 내놓는 행위는 그 플라스틱 통 속에서 아무 의미도 없게 되었다. 확실히 악화가 양화를 구축한 꼴이다. 하지만 나는 설거지를 중단하지 않았고, 우리 집에서 내놓은 중국집 그릇은 목욕한 후 구정물에 들어가는 신세가 되었다.

그런 경험이 있다 보니, 오늘 아침의 라디오 사연은 남의 일 아닌 나의 일로 다가왔다. 굳이 좋은 사람과 안 좋은 사람으로 나눈다면, 나는 설거지하는 쪽이 좋은 사람이라는 데 한 표를 던진다. 나를 위해 음식을 준비한 사람에게 표현하는 감사의 표시도 될 수 있기 때문이라고 해석을 붙여본다.

카덴차도 하루 종일 설거지를 해야 하는 곳이다. 내가 하는 설거지의 주안점은 컵 주위의 립스틱 자국을 없애는 것이다. 전에 다른 카페에 손님으로 가서 머그잔을 보면, 드물지만 립스틱 자국이 남은 경우가 있었기 때문이다. 특히 이곳은 여학생들이 많이 이용하는 카페이다 보니 조금 더 신경을 써야겠다고 생각했다.

컵 얘기가 나온 김에 일회용 컵의 사용에 대해서도 잠깐 언급해 본다. 카페에서 비용을 줄이기 위해 주인은 알바생들에게 컵을 사용하라 요구하고, 알바생들은 설거지를 면하기 위해 일회용 컵을 사용하는 갈등이 있다는 것은 주지의 사실.

나는 비용 측면이 아니라 조금 다른 각도에서 머그잔과 컵의 사용이 좋다고 주장한다. 머그잔에 담긴 크레마가 가득한 커피와, 뚜껑을 덮어쓴 일회용 컵에 담긴 커피. 투명한 컵에 담긴 맑은 빛의 차(茶)와, 향을 느끼기 어려운 일회용 컵에 담긴 차. 시각적으로도 즐거움을 안겨주는 잘 만든 카푸치노로 넘어가면 비교가 무의미할 정도다.

잘 만든 요리를 일회용 그릇에 담거나 명품 접시에 담는 경우와 비교한다면 비약이 심한가.

느닷없는 경영론 혹은 진실론

〰〰〰〰〰〰〰〰〰〰〰〰〰〰〰〰〰〰〰〰〰〰〰〰〰〰

방금 C1을 마감하고 들어왔다. C1이란 집 앞 프랜차이즈 카페를 가리킨다. 카덴차 오픈을 준비하면서부터 두 곳을 C1과 C2로 지칭하기 시작했다. C는 물론 카페(Cafe)의 약자다.

카페를 두 곳 운영하든, 세 곳 운영하든, 아니 열 곳을 하고 돈을 엄청스레 벌어도 함께 사는 사람들에게 도움이 되지 못하고, 자기만족도 없고, 행복하지도 않다면 무슨 의미가 있을까. 곰팡내가 날 것 같아 일부러라도 '의미론'에 의미를 부여하지 않고 지내왔지만, 오늘은 의미론을 좀 들먹여보고자 한다.

몇 년 전 본의 아니게 회사 대표를 맡아 회사를 시작하게 되었을 때 일이다. 앞으로 어떻게 회사를 경영해 나갈 것인지 생각을 정리한 후, 그 방향을 직원들에게 이야기했다. 서로 다른 방향을 바라보면서 이게 맞느니 틀리느니 하는 꼴을 이미 여러 차례 봐

왔기 때문이다.

그때 두 가지 예를 들었다. 물론 어디선가 주워들은 이야기다.

하나, 미국의 전설적 경영자인 제너럴일렉트릭(GE)의 CEO 잭 웰치 이야기. 잭 웰치는 경영자로서 해야 할 첫 번째 의무가 주주들의 이익 극대화라고 생각했다. 본인은 그 의무에 충실했고 엄청난 성공을 거뒀다. 하지만 후에 GE가 위기에 처했을 때 잭 웰치는 자신이 잘못 생각했다고 실토했다. 회사가 어려워졌는데도 직원들은 남의 일 보듯 했기 때문이다. 그는 자신이 가장 중요하게 여겼어야 하는 것이 '내부 고객의 만족', 즉 직원들을 위하는 일임을 뒤늦게 깨달았다고 이야기했다. 직원들이 만족하면 나머지는 자연히 따라오게 됨을 몰랐다는 것이다.

둘, 현대그룹 정주영 회장에 관한 이야기. 개인적으로는 정주영 회장의 밀어부치기식 경영 스타일을 별로 좋아하진 않지만, 그래도 좋은 소리는 새겨들을 필요가 있겠다. 한때 현대가 위기에 처했을 때 어떤 기자가 정주영 회장에게 물었다. 이 많은 직원들을 어떻게 먹여 살리실 거냐고. 어이없다는 듯 그 기자를 바라본 정주영 회장 왈, "내가 이 사람들을 먹여 살리는 게 아니지. 이 사람들이 나를 먹여 살리는 거야." 정주영 회장의 성공 비결은 의외로 단순한 곳에 있었는지도 모른다.

카페를 하나 더 열더니, 무슨 대단한 경영인이나 됐다고 착각해서 하는 소리인가? 물론 아니다. 그럴 만큼 어리석지도 않고, 치기 어릴 나이도 이미 오래전에 지났다.

내가 살아가는 의미를 누군가와 나누고 싶다는 생각 때문이다. 그 첫 번째 대상은 내 가족들이다. 그 다음은 카페에서 나와 함께 일하는 이들이다.

C1에는 이제까지 여러 명의 알바생과 직원이 있었고, 지금도 직원 한 명과 몇 명의 알바생이 있다. C2에도 직원에 준하는 알바생 두 명이 있다. 나는 그들에게 돈을 주고, 그들은 나에게서 받은 돈으로 생계도 유지할 것이고, 학비도 충당하고, 용돈도 쓸 것이다. 이렇게만 생각하면 정주영 회장에게 질문한 기자가 된다.

내 생각도 정주영 회장의 생각과 비슷하다. 나는 그들이 있기 때문에 카페를 운영해 나갈 수 있다. 그들이 없다면 카페는 유지되지 못할 것이다. 내가 그들에게 지불하는 돈은 그들이 제공한 노동에 대한 당연한 대가다. 그들이 이 같은 내 마음을 이해하고 알아주면 좋겠으나, 그렇지 않아도 관계없다. 나의 진심은 이미 '진실' 그 자체로 의미가 있기 때문이다. 앞서 경계한 의미론이다.

나는 이 같은 의미론이 의미 있는 것이 되도록 카페를 잘 운영해 보려고 한다. 카페를 통해 나와 관계 맺은 사람들에게 진실로 다가가기 위해 노력하는 것까지만 하려고 한다. 그 나머지는 내 몫이 아니다.

신인류와의 대화

◇◇◇◇◇◇◇◇◇◇◇◇◇◇◇◇◇◇◇◇◇◇

호모사피엔스, 크로마뇽인, 네안데르탈인, 베이징원인… 이들의
공통점은? 하나, 역사 교과서에서 접한 인류의 원조 격 인간들이
다. 둘, 나랑은 직접적으로 아무 연관이 없는 '분'들이다. 박물관에
가면 '그분들이 어떻게 사셨는지'를 유물을 통해 어렴풋이 짐작할
수 있다.

내가 요즘 카페 카덴차에서 매일 접하는 대학생들을 보고 있노
라면 이들과 나의 관계가, 나와 '오래전에 사셨던 분들'의 관계 같
다는 생각이 든다.

쿠폰에 도장을 찍어주겠다고 하면 조그만 카드 지갑을 꺼내 뒤
로 돌아선다. 그러고는 중앙의 큰 테이블에 온갖 종류의 쿠폰을
쏟아놓고 카덴차 쿠폰을 고른다. 웬 쿠폰이 그렇게도 많을까.

카드로 결제를 하려는데 잔고 부족이라는 사인이 나왔다. 조그

만 소리로 알려줬더니 같이 온 친구에게 "알바비가 아직 안 들어왔나 보다"고 큰소리로 이야기한다. 5백 원 싼 메뉴로 바꿔 다시 결제해 봐 달란다. 과연 될까 하며 카드를 긁었더니 이번에는 된다. 불과 5백 원 차이인데.

여학생들이 주 고객이라 그런지는 몰라도 머리에 '구루뿌'를 말고 있는 여학생들도 가끔 눈에 띈다. 틀림없이 학교에서 수업을 듣고 오는 듯한데 복장은 '추리닝'이다. 궁금증을 참지 못해 물었다. 학교에서 오는 길이란다. 추리닝 입고 학교 다니는 학생들이 있느냐고 다시 물었다. 그렇단다. 카페를 시작한 초반에는 어떤 음악을 틀까 잠깐 고민도 했다. 시간이 흐르면서 그 고민은 접었다. 상당수의 고객이 핸드폰에 이어폰을 꽂아 자기의 음악을 듣고 있는 걸 보았기 때문이다. 이쯤 되면 '신(新)인류'라고 불러도 과하지 않을 것이다.

카덴차의 알바생들도 나에게 '새롭기'는 마찬가지다. 한번은 내가 고객에게 불편한 심기를 드러냈더니, 옆에 있던 알바생이 "오지랖 넓으시다"며 그냥 무시하란다. 이렇게 쿨하다니. 다른 알바생. 유리컵을 깨뜨렸다. 이틀 동안에 단수가 아닌 복수로 깨뜨렸다. 어떻게 각성을 유도할까 고민하는데, "제 알바비에서 제하세요." 너무 쿨하다.

인류를 다른 동물군과 구별 짓는 기준은 여러 가지 있을 것이다. 그 가운데 하나가 언어와 문자를 사용해서 커뮤니케이션(소통)하는 능력이 아닐까. 덕분에 같은 시공간을 살아가는 나와, 카페 카덴차의 주 고객인 신인류 사이의 커뮤니케이션도 물론 가능할 터. 단 그러려면 신인류는 쐐기문자까지는 아니라도 〈용비어천가〉 정도는 이해해야 하고, 구인류는 신인류의 마음을 사로잡은 랩 정도는 이해해야 할 것이다.

히가시노 게이고의 소설 《나미야 잡화점의 기적》, 얼마 전 방송된 드라마 〈시그널〉, 오래전 영화 〈빽 투 더 퓨처〉. 이 작품들은 모두 과거와 현재, 혹은 현재와 미래의 소통을 다루고 있다. 소통은 이처럼 가상 세계에서만 가능한 것인가.

손바닥만한 희망이라도

3   소녀 같은
어머니께

3장은 저자가 온라인 가족 카페에 올렸던 글들을 모은 것이다. 2000년 10월, 저자는 서울과 지방에 나뉘어 사는 가족들 간 연락을 위해 '우리 가족 이야기'(약칭 '우가이')란 카페를 개설했다. 이후 우가이는 부모님이 돌아가실 무렵까지 10년 넘게 가족의 소중한 소통 창구가 되었다. 이해를 돕기 위해 글 쓴 날짜와 종결어미를 그대로 살렸다.

해로에 대하여

2000년 10월 31일

어제 부모님을 찾아뵈었습니다. 어제는 다 알다시피 어머니와 아버지의 결혼기념일입니다. 무려 43주년. 오늘의 이 '우가이(우리 가족 이야기)'가 있게 된 것도 실은 43년 전 오늘이 있었기 때문이 지요.

두 분을 뵈면서 새삼스레 '해로(偕老)'라는 단어에 대해 생각해 보았습니다. 고등학교 무렵 배웠을 이 해로의 뜻을 몇 십 년 만에 별다른 설명 없이 쉽게 이해할 수 있는 시간이었습니다. 함께 늙 어간다는 것….

두 분 다 연로하셔서 한 분은 무릎이 별로 안 좋고 그 좋아하 던 약주도 잘 못하시고, 또 한 분은 세월의 무게를 견디지 못해 먼저 이별을 고한 치아들 때문에 불편해하셨지만, 두 분이 함께 계신 것이 더할 수 없이 좋아 보였습니다.

3장_소녀 같은 어머니께   149

앞으로 시간이 흐르면 나와 내 아내도, 그리고 젊은 시절 우가이에 열심히 글 올리던 우리 가족들도 그렇게 그렇게⋯. 모쪼록 두 분이 더 불편하시지 않고 건강하시기를 기원합니다.

| **첨언** |

어제 또다시 어머니의 치아 때문에 해프닝이 생겼습니다. 임시 틀니를 하신 후 남동생이 독일에서 가져다 드린 흰색의 '무언가'를 바르셨답니다. 이 무언가가 틀니 붙이는 약인 줄 아신 거죠. 그런데 이게 제대로 붙지 않고 계속 떠걱거려서 이상하다고 생각하셨답니다. 무려 이틀 이상을. 그 하얀 무언가를 본 치과 의사도 성분을 정확히 알지 못했다고 합니다. "무얼 바르신 거지요?"

그 무언가는 바로 '치약'이었습니다. 어제는 다행히도 그 약을 제대로 쓰셔서 틀니가 잘 붙는다고 기뻐하셨습니다. 그리고 그 약 덕인지 죽 한 그릇을 거뜬히 비우셨습니다.

손바닥만한 희망이라도

소녀 같은 어머니께

우리 부부는 어제 부모님께 다녀왔습니다.

연남동길로 들어서서 부모님 댁 쪽으로 가는데 꽃가게가 하나도 없는 겁니다. 그래서 아파트를 끼고 한 바퀴 돌아 사러가쇼핑센터 앞으로 갔습니다. 대목을 맞은 꽃가게가 북적이더군요. 꽃을 한 바구니 사서 부모님 댁으로 향했습니다.

아버지는 컴퓨터를 하고 계셨고, 어머니는 안방에 계셨습니다. 아버지 말씀이 어머니가 오늘 물리치료 받고 조금 힘든 모양이라고 하셨습니다. 약간 걱정이 됐습니다. 하지만 우리의 말소리를 듣고 나오신 어머니 모습은 괜찮아 보였습니다. 그래도 혹시나 해서 저녁을 시켜서 먹을까요 했더니, 나가자고 하셨습니다.

두 분이 다 치아가 안 좋으셔서, 특히 어머니가 더 그러셔서, 어떻게 하나 고민하다가 일식집으로 갔습니다. 식사 주문과 함께 아버지는 청주를 시키셨습니다. 어머니도 한잔하시겠느냐고 했더니, "술 끊었다"고 하시는 겁니다. 한 번 웃었습니다.

식사가 나오고 나서 아버지가 "너는 술을 안 하느냐? 마누라 눈치 보냐?" 그러셨습니다. 운전 때문에 망설이던 마음이 사라지고 저도 소주를 시켰습니다. 잔은 두 개를 달라고 했습니다. 술이 나온 후 어머니께 다시 "한잔하시겠느냐?"고 여쭤봤습니다. 그랬더니 뜻밖에도 소주는 싫고 아버지가 드시는 청주를 드시겠다는 겁니다. 그래서 아버지 잔의 술을 숟가락으로 떠서 몇 번에 걸쳐 어머니 잔에 옮겨드렸습니다. 그러면서 속으로 다시 한 번 웃었습니다.

식사하면서 그 술을 거의 다 드신 어머니는 아버지가 더 따라드린 술까지 조금 더 드셨습니다. 우리는 푼수 떠는 식당언니 덕에 여러 번 웃으면서 식사를 했습니다. 그리고 모두 "너무 많이 먹는다"고 하면서 과식을 했습니다.

집으로 돌아와서 보니까 아까 사온 꽃이 TV 옆에 놓여 있는데, 그 꽃이 부모님 사진을 완전히 가리고 있었습니다. 그래서 옆으로 옮겨놓았습니다. 그때 어머니가 나오셔서는 꽃이 너무 예쁘다고 하셨습니다. 이어서 "오늘 저녁도 잘 먹었지만 난 이 꽃 선물이 제일 좋다"고 하시는 겁니다.

40년 넘게 살면서도 잘 몰랐습니다. 어머니날-어버이날에 수도 없이 조화, 생화를 달아드리면서도 잘 몰랐습니다. 어머니가 그렇게 꽃을 좋아하시는 줄. 더더군다나 아직도 어머니가 그런 소녀 같은 마음을 간직하고 계신 줄.

동생들아, 소녀 같은 어머니께 오늘 효도 많이 해라.

지난 주말 할머니 산소에 다녀왔습니다. 꽃을 사지 못해 빈손으로 갔는데, 둑길을 따라 걷다 왼쪽으로 산소가 보이는 순간 "어, 꽃 안 사오길 잘했다"고 혼잣말을 했습니다. 안 가본 사람들은 모를 겁니다. 어버이날 무렵 산소가 얼마나 아름다운지. 빨간색에 관한 우리말 공부를 하려면 이 무렵 산소로 가면 될 것 같습니다. 새빨간색, 진달래색, 진홍색 등등. 게다가 군데군데 섞인 하얀 꽃까지.

몇 년 전 부모님과 함께 이 무렵 산소에 갔다가 감탄하고는 다음 해에 다시 갈 때 카메라를 들고 가서 사진을 찍었던 기억이 났습니다. 내년에는 형제들이 같이 갔으면 좋겠습니다.

MBC가 망했냐

2001년 7월 18일

#1. 가족 모임 끝나고 부모님 댁으로 가는 차 안

어머니   MBC가 망했냐?

아들   예?

(아들은 순간적으로 요즘 가수들이 MBC방송에 안 나온다는 말씀을
하시는 건지, 아니면 오늘 한 신문에 실린 기사를 보고 말씀하시는 건
지 혼란스럽다)

아들   왜요?

어머니   매일 스포츠만 하던데?

아들   혹시 스포츠 채널 보신 거 아녜요? MBC 스포츠 채널이
있거든요. 거기다가도 그냥 MBC라고 써놓는 것 같던데.

어머니   전에 MBC 나오던 데서 그게 나오던데.

아들   집에 가서 확인해 보죠.

3장_소녀 같은 어머니께   155

#2. 부모님 댁

아들이 TV를 켜고 문제의 11번(전통의 MBC 번호)을 찾아본 결과 골프를 하고 있다. 화면 오른쪽 아래에는 틀림없이 MBC라고 씌어 있고, 그 아래에는 좀더 작은 글씨로 'Sports'라고 씌어 있다.

아들　　아, 이거는 스포츠 채널이에요. 그리고 케이블 TV에서는 동네 방송국들이 채널 번호를 마음대로 조정할 수가 있어요.

어머니　아, 나는 가수들이 안 나온다고 해서 MBC가 망한 줄 알았지.

아들　　(다른 채널들을 돌려보았더니 채널 번호가 온통 뒤바뀌어 있다. 다시 찾아보니 MBC는 5번에 가 있다) 동네 케이블 방송국에서, 안내도 제대로 안 하고 채널 번호를 바꾼 모양이네. 어머니, 아버지가 이렇게 착각하실 정도면 이 동네에서 몇 집 정도는 충분히 착각하고도 남겠다.

어머니, 아버지　그럼 MBC는 몇 번이냐?

아들　　글쎄요? 망했나?

초가을 보름달

2001년 9월 3일

어제 우리 부부는 태어나서 제일 큰 달을 보았습니다.

저녁 6시 조금 넘어 운동에 나선 나와 아내는 용산가족공원을 한 바퀴 돈 후, 큰길을 두 개나 가로질러 한강 둔치로 내려갔습니다. 연을 날리는 아이와 어른들, 저녁 운동에 나선 사람들이 무척이나 많았습니다.

이제 막 지기 시작한 코스모스 길을 따라 한참을 걸었습니다. 머리 뒤 동쪽으로는 동작대교가 있고, 왼쪽 아래 남쪽으로는 넓디넓은 한강이 흐릅니다. 조깅을 하는 사람들의 거친 숨소리가 갑작스레 가까워졌다가는 빠른 속도로 사라집니다.

달리기하는 사람들 중에는 '왜 저렇게 심하게 달리기를 할까?' 의문을 자아낼 만큼 몸매가 훌륭한 사람도 있습니다. 부익부 빈익빈. 만보계까지 선물받고도 매일 저녁 먹어대 허리가 줄지 않는 사람이 있는가 하면, '내가 저런 체형이면 운동 안 하겠다' 싶은 사람은 더 기를 쓰고 운동을 합니다.

한 시간여를 걷고 난 후 드디어 목적지인 모형 거북선 앞에 도착했습니다. 몸은 조금 피곤했지만, 운동했다는 만족감을 느끼며 집 쪽으로 가기 위해 방향을 틀었습니다. 잔디밭에는 여러 가족이 삼삼오오 모여 앉아 이야기를 나누고 있었습니다.

그때 아내가 나에게 물었습니다.

"저게 달이야?"

나는 고개를 동작대교 쪽으로 돌렸습니다. 아파트군과 잔디밭, 동작대교 그 한가운데에 두둥실 누렇고 둥근 것이 떠올라 있었습니다. 너무나도 크고, 이제까지의 경험으로 입력해 놓은 달과 너무 달라서 순간적으로 '어, 저게 달인가?' 하는 생각이 들었습니다. 아마도 오늘이 음력 7월 보름인 것 같았습니다. 한 달 후가 추석이니까 말이죠.

그 달은 정말 믿기지 않을 만큼 컸습니다. 바로 눈앞에 있는 듯이 느껴지는 그 달은 왜 보름달이 영어로 '풀 문(full moon)'인지를 너무도 잘 설명해 줬습니다.

"엉, 달이지, 이 사람아. 지금 막 동쪽에서 뜨는 거잖아. 보름달은 이렇게 초저녁에 떠서 새벽녘이 돼야 지지."

"그래, 그렇지 동쪽. 그런데 달도 동쪽에서 뜨던가?"

"그럼. 달과 해가 동쪽에서 뜨는 건 지구의 자전 때문이지(잘난 척은… 초등학교 수준 얘기를 갖고). 그런데 웬 달이 저렇게 크냐?"

"그러게 말야."

잠시 후 저녁을 해결한 우리 부부는 달구경을 한다고 차를 타고 남산으로 갔습니다. 하지만 이렇게 남산으로 간 데에는 그만한 이유가 있습니다. 하기야 사람들이 하는 행동 가운데 이유 없는 행동이 얼마나 되겠습니까만.

몇 년 전 추석에 아버지께 다녀오던 길에 달구경을 하러 남산에 갔던 적이 있었습니다. 저녁 8시 반쯤 된 것 같은데, 국립극장 앞 남산길 입구는 차들이 뒤엉켜서 완전히 북새통을 이루고 있었습니다. 우리는 물론 입구에서 차를 돌렸습니다. 그 기억을 되살리며 한 달 앞서 달구경을 가기로 한 것입니다. 한 달 전 보름달과 추석달이 무슨 차이가 있겠느냐면서 말입니다.

그런데, 그런데, 국립극장 앞의 모습은 몇 년 전 추석날 밤에 보았던 그 모습 그대로였습니다. 아. 수. 라.

그러나 우리는 참을성과 용기를 발휘해서 그 대열에 합류했습니다. 이 사람들은 여기에 왜 왔을까? 달 보러 왔나? 설마.

결국 우리는 시속 10킬로미터의 속도로 남산 드라이브길을 '기어' 남산타워 아래 주차장을 지나(주차할 곳이 전혀 없고, 경찰까지 등장해서 정리를 하고 있었음) 하산길로 접어들었습니다. 달을 보며 깨달음을 얻어보려던 우리 생각은 그냥 꿈으로 그칠 수밖에 없었습니다.

집으로 돌아오는 길, 나는 하얏트호텔 앞에 차를 잠깐 세우고는 우리 차와 숨바꼭질하던 달을 한동안 구경했습니다. 아내는 차 안에서 더 잘 보인다며 그냥 앉아 있었습니다. 10년쯤 전 내 차 안에 있던 선글라스를 끼고는 "야, 잘 보인다"고 하던 조카 녀석이 생각났습니다.

집으로 돌아오는 길의 서늘한 바람은 완연한 '추풍(秋風)'이었습니다. 조금 있으면 낙엽도 지겠지요.

달은 매 보름마다 그렇게 떴다 졌고, 가을은 늘 이렇게 다가왔을 텐데, 우리는 그걸 잘 모르고 지내왔나 봅니다. 어릴 때는 공부에 찌들어서, 대학 이후에는 노는 데 찌들어서, 그리고 결혼과 직장 생활을 하면서는 사는 데 찌들어서.

달타령이 생각보다 길어졌습니다. 김부자의 〈달타령〉 아시죠? 그 노래도 굉장히 길던데. "1월에 뜨는 저어 달은… 2월에… 7월에…"

손바닥만한 희망이라도

고기도 먹어본 사람이 먹는다

2001년 10월 1일

아까 점심 무렵 슈퍼마켓에 갈 때 우리 부부의 고민은 어제 선물로 들어온 큰 고깃덩어리를 '해결'하는 것이었습니다.

어제 냉동실에 넣었던 고기를 오늘 꺼내보니 '도대체 무엇에 쓰는' 고기인지 알 수 없었습니다. 만약 명의 허준이 보았다면, "크기로 말하자면 가로가 한 자 반이요, 세로가 한 자, 무게는 수 근(斤)이라. 빛깔은 검붉으며 곳곳에 기름으로 보이는 물질이 섞여 있으니…"라고 할 상태의 물건이었습니다.

불고기를 준비하려던 우리는 어떻게 이 고기로 때워보려고 했는데, 아무리 둘러보고 뒤집어보아도 과연 이것이 불고깃감인지 알 수가 없었습니다. 게다가 완전히 꽝꽝 얼어 있는 것도 우리를 난감하게 한 요인이었습니다. 만약 부분적으로 사용하려 해도 전체를 녹일 수밖에 없는 겁니다.

그래서 내가 한 가지 꾀를 내었습니다. 이걸 정육점에 가져가자. 거기서 일단 이것이 무엇에 쓰는 고기인지 묻고, 만약 불고깃감이라면 썰어만 달래고, 아니라면 썰어달랜 후 불고깃감은 그 정육점에서 사오는 거다. 이런 작전이었습니다. 그러나 공짜로 정육점에서 '남의 고기'를 썰어달래는 게 쉬운 일이 아닌지라, 우리 부부는 한동안 다시 고민을 했습니다. 하지만 그 이상의 해답은 없는 것 같아 결행을 하기로 했습니다. '깃발 드는 일'은 물론 내 몫이지요.

슈퍼마켓에서 장을 다 본 후 정육점 앞으로 갔습니다. 그 정육점은 장모님이 자주 들르시는 곳인데, 아줌마는 친절한 반면, 아저씨는 몹시 무뚝뚝해서 두 사람을 합쳐 반으로 나누면 좋을 것 같은 곳입니다. 그런데 차를 타고 가다 길 건너에서 보니, 아저씨만 있는 겁니다. '아, 이런.' 그래서 다른 정육점에 가려고 했으나, 그 집 앞에는 차를 댈 공간이 없는 겁니다.

결국 용기에 용기를 내어 원래 가려던 정육점으로 갔습니다. 차를 대고 문 안에 들어서 보니, 띄엄띄엄하게 우리를 맞는 그 아저씨 아래쪽에 아줌마가 보였습니다. 아줌마는 가게 안의 온돌바닥 같은 데 앉아 있었기 때문에 밖에서는 안 보였던 겁니다. 반갑게 일어서는 아줌마에게 두 배는 더 반갑게 물었습니다.

손바닥만한 희망이라도

깃발맨   이거 선물받은 건데요, 무슨 고긴지를 몰라서….

아저씨   (진공 포장된 고깃덩어리를 뒤집어보더니) 아, 갈매기살이에요.

깃발맨   갈매기살이요? 그럼 돼지고긴가요? (소에도 갈매기살이 있다
         는 건 처음 들어서)

아저씨, 아줌마 소고기요. (옆구리 어딘가를 가리키며) 이 부윈데 어쩌구
         저쩌구.

깃발맨   어떻게 먹나요?

아저씨, 아줌마 구워도 되고, 국거리로 써도 되고.

　설명을 들은 후 전기톱으로 썰어달라고 했습니다. 불고깃감도
조금 사고. 썰어준 값을 내겠다고 하자, 아줌마가 장모님을 들먹이
며 그냥 가라는 겁니다. 그래도 우리는 그럴 수 없다며 거스름돈
1천 원을 받지 않고 당당하게 가게 문을 나섰습니다. 어려운 문제
를 보기 좋게 해결했을 때의 그 기분이란. 아내의 밝은 목소리 때
문에 나는 순간 착각에 빠졌습니다. 깃발을 들고 있던 건 내가 아
니고 아내였나?

　집으로 돌아온 우리 부부는 그 갈매기살들을 한 번에 먹기 좋
은 용량으로 나눠 냉동실에 넣었고, 그 일부로 이제 토란국을 끓
이려고 합니다. 갈매기살과 토란국의 결합, 어떤 맛일지 궁금하지
않으십니까?

길 위의 가르침, 도상수훈

《신약성서》에 나오는, 저 유명한 '산상수훈'*은 이렇게 시작됩니다. "행복하여라, 마음이 가난한 사람들! 하늘나라가 그들의 것이다."(마태오복음 5장 3절)

평소 내가 관심을 갖던 기사가 엊그제 뉴스에 나왔습니다.

2001년 생명보험 가입자의 주요 사망 원인 분석을 보면, 1위가 암(26.7%), 2위가 교통사고(14.1%)였다. 2위인 교통사고는 3위 심장질환(9.9%), 4위 뇌혈관질환(7.1%)에 비해 각각 한 배 반과 두 배나 높은 비율이었다.

---

* 그리스도교의 《신약성서》 마태오복음 5장에 나오는 예수님의 가르침, 즉 '산상설교'를 예전에는 산상수훈(山上垂訓)이라고 했다. 여기에서 산을 길로 바꿔 제목을 도상수훈(道上垂訓)이라 칭했다.

널리 알려졌다시피 우리나라의 교통사고 사망률은 세계 1~2위를 다툽니다.

지난해 자동차 1만 대당 우리나라의 사망자 수는 5.5명으로 그 전해인 2000년의 7.4명보다는 엄청나게 줄었지만, 미국(2명), 독일(1.5명), 영국(1.3명) 등 선진국들보다는 여전히 훨씬 높은 수치를 보였다.
지난해 우리나라의 교통사고로 인한 사망자 수는 8,538명, 부상자 수는 38만 6,960명으로, 매일 714건의 교통사고가 일어나, 22명이 죽고 1,059명이 다쳤다.

위의 통계수치에 따르면, 2002년 한국에 사는 거의 모든 사람은 교통사고로 죽거나 다친 사람의 가족, 친척이라고 해도 과언이 아닐 것입니다. 2천 년 전 예수님은 억울하게 핍박받고 소외된 이들의 상처를 마음 깊이 아파하시며 산상수훈을 말씀하셨습니다. 만약 예수님이 오늘 서울에 나타나신다면 이러지 않으실까요.

예수님께서는 자동차로 꽉 막힌 길 가운데 서시어 이렇게 가르치셨다. "행복하여라, 조심조심 운전하는 사람들! 그들은 자신의 가족도 불행하지 않게 하고, 남의 가족도 불행하게 하지 않을 것이다."

어머니와 젓가락

❖❖❖❖❖❖❖❖❖❖❖❖❖❖❖❖❖❖❖❖❖❖❖❖

2003년 10월 7일

김창완이 부른 노래 가운데 〈어머니와 고등어〉라는 곡이 있습니다. 어느 술꾼의 효심을 노래한 것으로 기억하는데, 그 이유는 다음과 같습니다.

"한밤중에 목이 말라 / 냉장고를 열어보니 / 한 귀퉁이에 고등어가 / 소금에 절여져 있네 / (…) / 엄마만 봐도 봐도 좋은걸."

왜 한밤중에 목이 마를까 생각하다가 결론을 내렸지요. '또 술 처먹었구나.' 음, 부처 눈에는 부처만 보인다더니….

#1. 중국음식점

아들   (퉁명스럽게) 그건 또 뭐하시게요?

어머니   (다 쓴 나무젓가락을 냅킨에 싸서 가방에 넣으며, 아무 일 없다는 듯이) 집에 가져갈려구.

아들	예?
어머니	길어서 튀김 같은 거 할 때 좋거든.
아들	(다시 퉁명스럽게) 시장에 다 있는데, 사다 드려요?
어머니	아냐, 이거면 됐다.
아버지	(어머니 옆. 담배를 꺼내 문다)
며느리	(귀가 안 들리는 사람처럼 차만 마신다)

#2. 싱가포르 기념품 가게의 아들 부부

아내	여기, 긴 젓가락 있네.
남편	어, 이거 어머니 사다 드리자. 여기, 이 조그만 쪼가리는 뭐야?
아내	젓가락 받침댄가 보네.
남편	어, 그런가 보네.
	(부부는 보통 젓가락보다 2~3센티는 길어 보이는 두 개 들이 나무젓가락 세트를 집어든다)

#3. 싱가포르 슈퍼마켓의 아들 부부

남편	여보, 일루 와봐.
아내	뭔데?
남편	(선반에 놓인 비닐로 포장된 한 다발의 나무젓가락을 가리키며) 여

기, 나무젓가락 한 다발 있다.

아내 (젓가락을 집어들며) 어제 산 거보다, 이게 더 기네.

남편 그래, 이거 갖다 드리자.

아내 어제 산 것도 그냥 드려.

남편 엉.

#4. 부모님 댁

아들 (비닐 쇼핑백을 내려놓으며) 어머니, 이거.

어머니 이건 뭐냐?

아들 (주섬주섬 꺼내며) 이건 주름 펴지는 거래요. 비싼 거니까 조금씩만 바르세요. 그리고 이건….

어머니 어, 젓가락이네. 이건 뭐냐?

며느리 젓가락 받침이에요. 식사할 때 쓰시구요, 이건….

어머니 이건 또 뭐냐?

아들 젓가락.

어머니 이렇게 많이 필요 없는데.

아들 튀김할 때 실컷 쓰세요. 한 다발이니까, 한 번씩 쓰고 버려도 되겠네요. (아들은 "낱개로 안 팔아서 그냥 다 사왔다"는 말은 하지 않는다)

어머니 버리긴….

아들   (비닐 포장을 뜯으며) 한번 보실래요?

아들   (젓가락을 싼 종이 포장을 뜯다가) 어, 이상하다?

어머니, 며느리   어, 어….

어머니, 아들, 며느리   (서로 돌아가며 '짧은 나무젓가락'을 만져보며) 이거 포

                장만 길게 돼 있지, 진짜 젓가락은 짧은 거잖아.

아들   에이, 이런 줄 알았으면, 안 사는 건데. 이상한 장사꾼들

                이네.

어머니   괜찮아. 쓰면 되지.

#5. 동네 슈퍼마켓의 아들 부부

남편   (유부를 집어든다)

아내   유부초밥 먹고 싶어서?

남편   아니.

아내	그럼?
남편	여기 젓가락이 증정품으로 들어 있어.
아내	정말이네. 야, 이건 훨씬 길다. 어머니 갖다 드릴려구?
남편	응.
아내	어이구, 효자네.
남편	몰랐어?

손바닥만한 희망이라도

토란을 파는 세 가지 방법

2003년 9월 23일

오늘 아침엔 하마터면 회사에 지각할 뻔했습니다. 다름 아니라 토란을 사기 위해서였습니다.

토란. 1년에 한 달 정도만 먹을 수 있는 음식. 일부 사람들은 그 존재조차 모르거나, 존재는 알지만 미끈덕거리는 그걸 무슨 맛으로 먹느냐며 의문을 표시하는 음식. 또 나와 같은 극히 일부는 그걸 먹기 위해 1년을 기다리는 '컬트(cult)적'인 음식.

오늘 아침 운동을 마치고 거의 집에 다 왔는데 토란 파는 할머니가 보였습니다. 보통 때는 출근 시간 이후에나 나오는 그 할머니가 조금 일찍 나타난 겁니다. 할머니가 전을 막 펼치려던 참이라 기다려서 토란을 사느라고 지각을 할 뻔했습니다.

그 할머니가 토란 파는 방법을 보면서 그처럼 단순한 일도 여러 가지로 할 수 있다는 생각이 들었습니다. 우리 동네에서 토란

3장_소녀 같은 어머니께   171

을 파는 사람들은 세 명입니다.

첫째, 동네 한복판 빵집 앞에서 파는 아주머니.

이 아주머니는 "이게 얼마나 좋은 토란인 줄 아는가?" 하며 자기 토란의 우수성을 강조합니다. 토란이 알은 아주 작지만, 끓여 먹어보면 맛은 일품입니다. 지난번에 그 토란을 먹어보고는 아내와 함께 감탄을 했습니다. 이제까지 먹어본 토란 중에 가장 맛이 있었습니다.

그런데 삶으면서 보니까 너무 뽀얘서 혹시 약품으로 벗긴 게 아닐까 하는 의심이 들었습니다. 요즘은 워낙 약품으로 껍질을 까는 경우가 많아서 말입니다. 그래서 의심을 품고 물었다가 봉변을 당할 뻔했습니다. 절구에 다섯 번이나 문질러서 직접 깠다는 겁니다. 절구로 토란 껍질을 깐다는 건 그때 처음 알았습니다.

그러니까 토란을 파는 첫 번째 방법은 '토란을 절구에 문질러서(다섯 번) 거의 약품으로 깐 것과 비슷할 정도로 뽀얗게 만든 후 제품의 우수성을 강조해서 파는 것'입니다. 이 토란의 흠이라면 값이 좀 비싸다는 겁니다.

둘째, 오늘 아침에 샀던 소아과 앞의 할머니.

이 할머니는 토란을 자리에서 직접 깝니다. 그래서 껍질 벗기는 걸 눈으로 확인할 수도 있습니다. 그렇지 않더라도 직접 손으로 벗겼다는 걸 알 수 있습니다. 옴폭 들어간 부분은 껍질이 잘 벗겨

손바닥만한 희망이라도

져 있지 않기 때문이지요.

이 할머니는 이렇게 팝니다. "토란은 이제 더 안 나온다, 그러니까 사는 김에 다 사라, 삶아놓고 먹으면 오래 먹을 수 있다." 하지만 삶아놓은 게 어떻게 오래 보존되는지를 몰라서 한꺼번에 많이 사지는 못합니다. 오늘 아침에도 조금만 사려다가, 그 할머니의 말에 끌려들어 가서 조금 더 샀습니다.

토란을 파는 두 번째 방법은 '일종의 협박성(이제 토란을 더 먹기는 어려우니까. 많이 사다 놓아라)' 판매법이지요. 물론 가격 대비 제품의 질이 아주 좋아서 가장 선호하는 가게입니다.

셋째, 우리 집에서 가장 가까운 곳에서 파는 아저씨.

그 소아과 앞 할머니를 지나 집 바로 앞 건널목에 왔더니, 거기서 전을 펼치고 있는 아저씨도 토란을 팔더군요. 그 아저씨는 세 명의 토란팔이 중 가장 일찍 나오는데, 일전에 보았을 때는 토란이 없더니 오늘은 있었습니다.

그 아저씨가 파는 방법은 다음과 같습니다. 가장 간편한 방법이지요. '껍질을 안 벗긴 채로' 그냥 판다. 그렇습니다. 껍질 까는 수고를 들일 필요도 없고, 어떻게 깠느니 시비할 필요도 없으며, 토란의 존재 가치를 아는 사람에게 팔 수 있는 방법이지요. 그러나 요즘같이 바삐 사는 세상에 앞의 두 사람보다 더 잘 팔기는 어려울 듯한데… 그 아줌마와 할머니가 더 이상 토란을 공급할 수 없게 되면 살지도 모르지요.

토란에 익숙하지 않은 사람이 이 글을 보면 토란 맛보다도 토란에 집착하는 내가 더 이상하다고 할지도 모르겠군요.

손바닥만한 희망이라도

조금 웃기는 이야기

2003년 10월 7일

오늘 백화점에 쇼핑을 하러 갔습니다.

얼마치 이상을 사면 사은품으로 냄비를 준다기에, 그 액수를 채우느라 열심히 물건을 샀는데, 금액이 조금 모자라는 겁니다. 그래서 부족한 1만 원 어치를 사기 위해 지하 식품부에 내려갔습니다. 에스컬레이터에서 내리자마자 바로 앞에 기획 상품전이 열리고 있었습니다. 뱅어포 한 봉지와 북어포 한 봉지, 말린 새우 한 봉지, 이렇게 세 종류 가운데, 아무거나 선택해서 세 봉지를 1만 원에 팔고 있었습니다.

자, 이야기는 이제부터 시작됩니다.

우리 부부 바로 옆에는 우리보다 조금 먼저 와 있던 중년 여인이 한 명 있었습니다. 오십 대 중반쯤 될까요? 그런데 그 여인이 뱅어포 봉지를 들고 판매원에게 물었습니다.

"이게 뭐예요? 장어 새끼가?"

장어? 그 여인은 뱅어를 모르는 게 분명합니다. 하지만 그나마 다행이라고 생각했습니다. 실지렁이를 들먹이지 않은 게.

뱅어에 대한 설명을 마친 종업원은 계속 외쳤습니다.

"아무거나 골라잡아, 세 봉다리에 만 원!"

그때 뱅어포를 내려놓은 여인은 북어포 봉지를 들더니, 바로 옆에 있는 내 아내에게 느닷없이 질문을 던졌습니다.

"이걸로 국 끓일 수 있어요?"

인생도 선배인데다, 주부 경력도 훨씬 선배일 법한 여인이 한참 후배에게 묻는 그 모습. 갑자기 돌아가신 할아버지의 가르침이 생각났습니다. 불치하문(不恥下問)이라. 모르는 것은 아랫사람에게 물어도 부끄러운 것이 아니나니. 뜬금없는 질문에 당황한 아내.

"예, 국도 끓일 수 있어요…."

종업원은 계속 외치고 있었습니다.

"세 봉다리에 만 원!"

그런데 그 여인이 다시 물었습니다, 이번엔 종업원에게.

"네 봉다리에 얼마예요?"

옷차림만큼이나 이어지는 질문도 범상치 않습니다(그 여인의 복장은 만찬 파티장에 어울려 보였습니다). 뜨악한 종업원의 표정을 바라보며 내가 끼어들었습니다.

손바닥만한 희망이라도

"그렇게 팔기는 어려울 텐데요."

나는 이렇게 말하며 머릿속으로 생각했습니다.

'1만 3천333원 33전… 아줌마, 33전 있어요?'

종업원이 조금 짜증스럽게 말했습니다.

"세 봉다리씩 판다니까요."

장난기가 발동한 내가 중년 여인에게 다시 말을 걸었습니다.

"아주머니, 이 뱅어포 굉장히 싼 거예요. 동네에서 사면 4천 원도 넘어요."

이렇게 얘기하면, 그 여인이 살 줄 알았습니다. 그러나 이번에도 기대가 빗나갔습니다. 그 여인 왈.

"그래도 먹을 걸 사야지요. 먹을지 안 먹을지 몰라서."

그리고 핸드폰을 꺼내들더니 어딘가에 전화를 하며, 그 매장에서 점점 멀어졌습니다. 우리 부부는 뱅어포와 말린 새우를 사서 그 매장을 떠났습니다.

몇 가지 확인 좀 하겠습니다

◇◇

2007년 5월 23일

─몇 가지 먼저 좀 확인하겠습니다.

＝네.

─피아노가 있으신가요?

＝아니오.

─네. 냉장고는 투도어인가요?

＝아니오.

─아, 네~. 김치냉장고는 있으신가요?

＝아니오.

─ 식기세척기는?

＝없는데요.

─에어컨은 있으시죠?

＝없는데요. 아니, 마루에는 없고, 안방 벽에 다는 조그만 게 있

어요. 그런데 그건 안 가지고 갈 거예요. 그리고 책이 조금 있는 데요.

　-아, 예.

위 내용은 얼마 전 아내가 이삿짐센터 직원과 나눈 대화 내용입니다. 이사 때문에 문의했더니, 견적을 뽑기 위해 필요하다며 위와 같은 질문들을 던졌습니다. 우리 집에 있는 전자레인지에 대해서는 묻지도 않았습니다.

통화하고 며칠 뒤 이삿짐센터에서 실사를 나왔습니다. 직원 왈, "30평쯤 되면 보통 5톤 차 한 대에 조그만 차 한 대가 더 필요한데, 이번에는 5톤 차 한 대만으로도 될 것 같네요." 없는 살림 덕에 이사비가 줄었습니다.

우리 부부는 석가탄신일인 내일 다시 이사합니다. 전에 살던 '우리 집'으로 돌아갑니다. 아파트는 리모델링을 할 거라는데, 언제 시작할지는 모릅니다.

리모델링 시작하면 또 이사하죠 뭐. 5톤 차 한 대면 되는데….

바뀐 것도 바뀌지 않은 것도 아닌

2007년 5월 28일

얼마 전, 우리 가족이 살던 망원동 집을 찾아가 보았습니다. 나도 궁금했지만 아내가 더 궁금해했기 때문입니다. 거기엔 그럴 만한 사연이 있습니다.

지금부터 18년 전인 결혼 첫해 겨울, 아내는 망원동의 시댁에서 처음으로 김장을 담갔습니다. 위생 관념이 철저한 시어머니는 며느리에게 머리에 수건을 쓰라고 하셨습니다. 지금 같으면 모자를 쓰겠다거나 혹시 안 쓰겠다고 할지도 모르지만, 그때 새댁은 아무 소리 못하고 파출부 아줌마의 도움을 받아 머리에 수건을 썼습니다. 이제 사십 대 중반이 된 그 '헌 댁'은 지금도 망원동 부근을 지날 때면 빼놓지 않고 그 이야기를 합니다.

예상대로 망원동 집은 온데간데없어졌습니다. 대신 그 자리에 다세대주택이 자리하고 있었습니다. 우리나라의 다세대주택은 외

손바닥만한 희망이라도

관이 그럴듯하면 안 된다는 법규라도 있는 걸까요? 왜들 그렇게 볼품이 없는지 모르겠습니다. 시멘트 외관에 녹색과 빨간색이 군데군데 섞인, 흉물스런 다세대주택 두 채가 예전 우리 집 자리에 들어서 있었습니다.

집만 바뀌는 게 아닙니다. 이번에 이사하며 결혼 초부터 사용하던 안방의 작은 에어컨을 버렸습니다. 그 에어컨은 바람 조절 손잡이가 고장 난 지 오래됐는데, 지난해 여름에는 그 손잡이를 돌리던 펜치마저 사라져버려서 바람 속도 조절도 할 수 없게 되었습니다.

세월 속에서 그렇게 여러 가지가 변합니다. 단독주택이 사라진 자리에는 다세대주택이 들어서고, 새 에어컨은 고물이 되어버립니다. 그리고 첫 김장의 두려움과 생경함은 추억이 되기도 합니다.

이사 오고 나서 집 전화번호를 신청했는데, 예전에 썼던 번호가 그대로 남아 있었습니다. 그래서 지금 우리 집 전화번호는 2년 전과 마찬가지입니다. 그러니까 요즘 코미디식으로 표현하면, 이번 전화번호는 '바뀐 것도 아니고, 바뀌지 않은 것도 아닙'니다.

모든 걸 변하게 하는 시간은 이번에 어디로 지나간 것일까요?

집착 부부

2008년 12월 13일

그 치약을 언제 샀는지는 정확하게 기억하지 못합니다. 몇 달 전이었던 것 같고, 산 장소는 아마도 마트였을 것입니다. 나는 어머니와 달리, 많은 양을 싸게 판다고 해서 덥석 사지는 않습니다. 오히려 그 반대에 가깝습니다. 조금 비싸도 제품의 질이 좋은 걸 고르려 합니다. 양이 많건 적건 신경 쓰지 않는 편입니다. 그런데도 불구하고 여러 개를 한꺼번에 산 걸 보면 아마도 그 치약은 몹시 쌌던 것 같습니다.

아는 브랜드도 아니었습니다. 집에 와서 쓰다 보니 치약 이름이 AM이었습니다. 무슨 뜻일까 하다가, 오전을 뜻하는 영어 약어임을 알아차렸습니다. 아침에 쓰기 좋다는 뜻인가 보다 짐작을 했습니다. 생각이 거기에 미치자 '그럼 오후용 PM도 있나?' 싶어서 찬장 안에 쌓인 치약을 찾아보았습니다. 놀랍게도, 아니 당연하게

손바닥만한 희망이라도

도 PM이 있었습니다. AM의 색깔은 푸른색, PM의 색깔은 자주색 계열이었습니다.

그 다음부터는 두 개의 치약을 열어서 아침에는 AM, 밤에 자기 전에는 PM을 쓰기 시작했습니다. 간혹 아침에 생각 없이 PM을 손에 들었다가는 다시 AM을 꺼내 썼습니다. 서로 다른 두 개의 치약을 몇 달에 걸쳐 아침과 밤에 번갈아 사용했습니다. 몇 달이 지난 후 어떻게 되었을까요?

AM이 먼저 다 떨어져버렸습니다. PM보다 앞서 사용하기 시작한 탓도 있을 테고, 자기 전에 이 닦는 것을 건너뛴 탓도 있을 것입니다. 문제는 이때부터 생겼습니다. 아침에도 PM을 쓰자니 괜히 마음이 편치 않은 겁니다. 이유는 단지 PM이라는 이름 때문입니다.

나의 생활 습관이, 아니 나의 존재가 치약 이름에 지배를 받게된 것입니다. 일주일 이상을 치약 이름에 집착하며 지낸 나는 결국 아내에게 새 치약을 사자고 했습니다. 다행히 새 치약 이름에는 '아침, 밤' 표시가 없었습니다. 그 후 이틀 동안 다시 집착이 살아났습니다. 밤에는 PM, 아침에는 새 치약.

사람은 이렇게 별별 하찮은 것에도 집착을 하나 봅니다. 나만 그런가?

그렇지 않습니다. 내 아내는 '날[日]'에 집착하는 듯합니다. 생일,

축일*, 결혼기념일은 물론이고 약혼기념일도 챙깁니다. 크리스마스? 물론 챙깁니다.

오늘은 아내의 세례명 축일입니다. 그러니까 어제는 축일 이브였습니다. 이브 행사? 물론 했습니다. 오늘은 집 밖에 태극기만 안 걸었지, 국경일보다 더 경사스런 날입니다. 새 치약으로 이 닦고 파티하러 나가야겠습니다.

---

* 아내는 가톨릭 신자다. 가톨릭교회에서는 성인의 고귀한 삶을 본받으라는 의미에서 세례받은 신자들에게 성인 이름을 하나씩 부여한다. 그 성인을 기념하는 날을 축일이라 하고, 축일에는 신자들끼리 생일처럼 축하해 주는 풍습이 있다.

성형하는 세상

2010년 12월 4일

부모님 댁에서 돌아오는 길에 셔츠를 맡기려고 세탁소에 들렀습니다. 평소에는 아내가 하던 일인데, 아내가 외출하기 어려워 지난주부터 대신하고 있습니다.

내가 전화번호 뒷자리를 대며 맡긴 세탁물을 달라고 하자, 세탁소 아줌마가 말했습니다.

"어, 정○ 씨 어디 갔어요?"

이름을 알고 있다는 것도 신기했고, 그 아줌마가 오지랖이 넓다던 아내의 말도 기억이 났습니다.

내가 머뭇거리자, 그 아줌마는 혼잣말처럼 중얼거렸습니다.

"아, 성형했나 보구나."

나는 어이가 없어서 "한동안 안 나타나면, 모두 성형한 건가요?" 하고 나서, 다른 일이라고 덧붙였습니다.

3장_소녀 같은 어머니께   185

그래도 그 아줌마는 생각을 바꾸지 않고 다시 혼잣말처럼 중얼거리더군요.

"성형했어…."

웃기는 아줌마, 웃기는 세상입니다.

행복 계산서

2010년 12월 26일

TV를 보노라니, 어제와 오늘이 2010년의 마지막 주말이더군요. 방송 진행자들이 내년에 뵙겠다고들 하네요.

요즘은 리얼리티 프로그램의 전성시대인 듯한데, 유일하게 본 프로그램이 〈남자의 자격〉입니다. 다른 리얼리티 프로그램들은 그렇지 않아도 황폐하다고 느껴지는 내 정신세계를 더 황폐하게 만드는 것 같아 보지 않습니다.

오늘 〈남자의 자격〉은 지난주에 이어 출연자들의 송년회를 다뤘는데, 그걸 보고 있자니 공연히 '행복'이란 단어가 생각났습니다. 송년 프로그램이니까 시간의 흐름, 세월, 이런 생각이 먼저 들어야 할 텐데 왜 행복이 떠올랐을까요.

행복에 이어 그 반대말을 생각해 보니, 그건 다름 아닌 불행(不幸)이었습니다. 행복의 반대말이 '행복하지 않음'이라니. 무슨 바보 같은 소리냐고 할지 모르지만, 공교롭게도 영어도 그렇습니다. '해피(happy)'의 반대말은 '언해피(unhappy)'인 겁니다.

반면에 사랑의 반대는 미움이나 증오쯤 되지요. 영어로는 '러브(love) 대 헤이트리드(hatred)', 한자어로는 '애(愛) 대 증(憎)'쯤 되겠지요. 기쁨의 반대는 슬픔이고, 영어로는 '조이(joy) 대 새드니스(sadness)', 한자어로는 '희(喜) 대 비(悲)'쯤 되리라 생각했습니다.

이렇게 비교해 보면 조금 다른 게 느껴집니다. 행복에는 적극적·독립적 반대말이 없는 겁니다. 심지어 한자어도 그런 겁니다.

자, 내가 내린 결론.

'불행은 미움이나 슬픔처럼 강력한 놈이 아닌가 보다. 독립된 단어조차 갖지 못한 보조적 개념에 불과한 그 무엇이다.'

올 한 해 지난 시간들의 계산서를 뽑아보려고 합니다.

"행복한 시간 − 불행한 시간 = ?"

어림셈으로는 올 한 해의 손익계산이 어떻게 나올지 잘 모르겠습니다. 좀 힘들었던 한 해였습니다. 다시 한 번 정밀하게 계산해 봐야겠습니다. 만약 마이너스로 나타난다면, 남은 며칠 동안에라도 행복한 시간을 더 만들어봐야겠습니다. 그깟 보조적 개념이야 밀어낼 수 있겠지요.

자, 다른 가족들도 계산서 한번 뽑아보시기를….

부모님 전 상서

2011년 6월 30일

"투 리브 이즈 투 서퍼(To live is to suffer)."

중학교 2학년 때인가 배운 'to부정사'의 명사적 요법에 해당하는 예문입니다. 자습서에는 이렇게 번역되어 있었습니다.

"사는 것은 겪는 것이다."

직역의 한계를 그대로 드러낸 이상한 해석이지요.

며칠째 전혀 걷지 못했더니 몸이 말할 수 없이 무거워, 조금 전 새벽에 비를 무릅쓰고 걷기 운동에 나섰습니다. 동네 입구까지 왕복 3킬로미터 가까이를 걸으며 생각이 많았습니다. 지난 며칠이 현실 같지 않고 꿈같다는 생각을 했습니다. 도대체 현실에서 불과 며칠 사이에 예상하지 못한 일이 어떻게 그렇게 많이 생길 수 있는가….

어제 오전에는 퍼붓는 빗속을 운전하면서 초등학교 때 들은 〈청개구리 이야기〉를 떠올렸습니다. 평생 엄마 말 안 듣던, 엄마 개구리가 돌아가자 유언대로 냇가에 묻어드리고는 비만 오면 울어댔다는 그 청개구리. 오후에도 비는 그치지 않았습니다. 사무실에서 밀린 결재를 하면서도 청개구리의 걱정이 머리를 떠나지 않았습니다.

장례 기간이 현실이었음은 삭신이 쑤시는 걸로 입증됐습니다. "뼈 마디마디가 어떻다"는 말은 철저하게 경험에서 나온 말임을 실감할 수 있었습니다.

가로수가 주욱 늘어선 동네 길에는 며칠 전과 똑같이 스쿨버스가 군데군데 무리지어 서 있었습니다. 밤새 상가 식당에서 내놓은 쓰레기를 치우는 청소부의 모습도 똑같았습니다. 비 탓에 조금 늦게 일한다는 것만 빼고는.

집으로 돌아오는 길, 비가 조금 더 내리기 시작했습니다. 조금 큰 가로수 아래에 비둘기 10여 마리가 열심히 머리를 위아래로 까딱거리며 물속에 주둥이를 집어넣는 모습이 보입니다. '이 빗속에서도 비둘기들은 사느라고 저렇게 안간힘을 쓰는구나' 하는 생각이 들었습니다.

"To live is to suffer."

사는 것은 (저렇게) 고생하는 것이다.

집으로 돌아온 나는 결혼 후 수천 번 되풀이했던 아침 질문을

손바닥만한 희망이라도

또다시 아내에게 던졌습니다. 먹는 걸 소중하게 생각하셨던 어머니께 물려받은 질문입니다.

"오늘 아침, 뭐야?"

부스스한 아내가 늘 그래 왔던 것처럼 대답합니다.

"뭐긴, 있는 거 먹으면 되지."

TV 교통정보에서 한강 둔치가 물에 잠겼다는 뉴스가 나옵니다. 이따가 부모님 산소로 가려면 둔치 길을 이용해야 하는데, 어떻게 갈지 걱정입니다.

부모님은 더 이상 걱정이 없으시겠지요?[*]

---

[*] 나의 부모님은 한 해에 돌아가셨다. 어머니가 먼저 2011년 1월 19일에 돌아가셨다. 향년 78세. 아버지는 같은 해 6월 25일에 돌아가셨다. 향년 83세. 두 분은 유달리 금슬이 좋으셨고, 그걸 증명이라도 하듯 6개월의 짧은 시차를 두고 세상을 떠나셨다. 이 글은 아버지가 돌아가신 지 5일째 되던 날 쓴 것이다.

삶은 토란이다

2011년 9월 10일

김수환 추기경님이 구사하시던 유머가 한 가지 있었습니다. 대중강연을 시작하기 전, 청중들의 관심을 모으기 위한 방편으로 "삶은 무엇이라고 생각하느냐?"라고 질문을 하시는 겁니다.

답은 '계란'입니다. 옛날 기차에서는 삶은 계란을 팔았었지요. 그때 계란장수 아저씨가 "삶은 계란이요, 삶은 계란!"이라고 외치던 것에서 따온 농담이었습니다.

오늘 아침에 1년을 기다려서 토란국을 끓여 먹었는데, 그 삶은 토란을 보니, 삶은 계란이 생각나고, 돌아가신 추기경님이 생각나고, 돌아가신 부모님도 생각났습니다(원숭이에서 시작해서 백두산까지 연결되는 동요의 영향인가).

중부지방의 고유 음식, 토란. 우리 부부가 이 토란 때문에 결혼 초에 티격태격했다는 이야기는 여러 번 했죠. 며칠 전 회사 인사과

장과 점심을 같이하며 "나는 이맘때 토란을 먹는다"고 했더니 그 친구도 그렇다는 겁니다. 경기도가 고향인 그 친구의 부인도 대구 사람이라더군요. 결혼 초에는 토란이 뭔지도 모르고, 텁텁하다며 안 먹더니 지금은 잘 먹는다는 이야기를 듣고 한참 웃었습니다.

그리고 오늘 아침 토란국을 먹는 아내를 보다가 혼자 웃었습니다. 아내는 서울 와서 산 지 30년 되었고, 대구에서 산 기간은 20년이 채 안 되는데, 왜 나는 아직도 아내를 서울 사람이 아닌 대구 사람으로 생각하는지 잘 모르겠습니다. 아내에게 자신을 어디 사람으로 생각하는지 물어본 적이 없는데, 한번 물어봐야겠습니다.

아내에게 "어디 사람이냐?"고 물은즉 아내의 답은 뜻밖에도 "글쎄"였습니다. 정체성에 혼란을 일으키고 있는 듯했습니다. 그러더니 뒤이은 아내의 말이 더 놀라웠습니다.

"애정남*에 물어볼까?"

'이상한'(이건 나를 규정하는 아내의 몇 가지 단어 중 하나다) 남편과 살더니, 유머가 는 걸까요?

---

* 〈개그 콘서트〉라는 TV 프로그램 중에 '애정남'이란 코너가 있었다. 애정남은 '애매한 것을 정해주는 남자'의 준말이다. 코미디 프로그램인 만큼 심각한 내용을 다루진 않지만, 공감을 일으키는 부분이 꽤 많았다. 예를 들어, 마트에서 무료로 시식할 수 있는 음식 개수는? 세 개란다. 그래야 간에 기별이 오기 때문이라고. 세 개까지는 눈치 보지 말고 먹고, 네 개를 먹으면 물건을 사야 된단다. 축의금 액수도 정해준다. 성수기인 4~5월에는 최소 3만 원, 나머지 달에는 5만 원이란다. 성수기 달에는 돈 쓸 일이 많으니 이해하란 거다. 아니면 비수기에 결혼하든가.

안 먹던 토란도 먹다 보면 익숙해지는 법. 삶도 그런 것인지 모르겠군요. 하지만 토란국을 끓여다 드릴 부모님이 안 계신 첫 추석이라, 지난해와는 느낌이 사뭇 다릅니다.

세밀단상

2014년 12월 31일

우리 가족 모두가 좋아하는 만두. 그 만두에 대한 나의 병적인 애정은 몇 차례 피력한 바 있습니다.

최근 우리 동네에 만두 가게가 생겼습니다. 그 만두 가게는 고맙게도 소고기만두도 한 종류 팔았습니다. 내가 단골이 되었음은 물론입니다.

확실히 단골로 자리매김했다고 여겨질 즈음, 단골의 '갑질'로 메뉴에 없는 소고기왕만두를 주문했습니다. 일부러 나를 위해 만들어달라고 요구한 것입니다. 조선족 여사장은 수지 타산이 맞지 않는다고 생각했는지 처음엔 거절했습니다. 그다음에 갔더니, 해주겠답니다. 일차로 주문하여, 다 먹었습니다. 1인분이 여섯 개인데, 서른 개를 주문해서 다 먹었습니다. 그리고 오늘 다시 이차분 서른여섯 개를 주문했습니다.

주문을 마치고 돌아서다, 떡국에 넣을 소고기만두를 해줄 수는 없느냐고 물었습니다. 여사장은 흔쾌히 승낙했습니다. 반달형을 원하느냐, 동그란 걸 원하느냐 묻기에 '모자형'이라고 말했습니다. 잠시 후 주문 생산된 만두가 포장됐습니다.

즐거운 마음으로 집으로 걸어오는 길, 세상 살기 참 편하다고 생각했습니다. 굳이 만두를 빚느라 속 만들고, 밀가루 날리며 부산을 떨지 않아도 되니 말입니다. 그런데 손쉽게 만두를 사먹을 수 있으니 틀림없이 편하고 좋지만, 그 편리함의 대가로 뭔가를 잃은 것 같은 느낌이 드는 건 왜일까요.

반백 년쯤 살아보면, 세상살이 중 좋기만 한 것도 없고, 나쁘기만 한 것도 없음을 깨닫게 됩니다.

이제 몇 시간 있으면 새해가 됩니다. 내년은 12간지로 양띠해니까, 우리 형제 중 막내가 만 48세가 되는 해입니다. 새해에는 우리 가족들에게 안 좋은 일보다, 좋은 일이 조금 더 많이 생기기를. 그리고 가족 모두 건강하고 소원성취하기를. 소원성취라는 단어를 쓰고 보니 아버지 생각이 문득 납니다.

이렇게 나이를 먹어갑니다.

손바닥만한 희망이라도

6월의 신부에게

조카에게 주는 글

2015년 6월 12일

제목을 써놓고 보니, 진부하다. 하지만 결혼을 앞둔 예비 신부, 예비 신랑에게 진부함은 가장 중요한 단어일지도 모른다. 축하만으로도 부족할 판에 무슨 초치는 소리냐고?

얼마 전 외신에서 영화배우 로버트 드 니로가 미국의 한 예술대학 졸업생들에게 들려준 축사가 화제가 되었다. 그는 "어려운 졸업을 하게 된 점을 축하한다"고 한 후 곧바로 "여러분은 이제 망했다"면서, 앞으로 예술을 하게 될 때 겪을 어려움들을 하나하나 열거했다고 한다. 이 연설은 올해 대학 졸업식 축사 중 가장 기억에 남는 축사로 꼽혔다고 한다. 진심이 통한 때문이겠지.

이런 생각이 나서 한마디 해본 거다.

결혼, 이어지는 결혼 생활. 참으로 진부할 것이다. 이제까지 헤아릴 수 없이 많은 남녀가 그 길을 갔다. 그리고 그 모양은 대동소이

했다. 사랑해서 결혼했고, 그럼에도 불구하고 지지고 볶고 싸우고. 후회하고, 다시 사랑하고, 안쓰러워하고, 미안해하고, 고마워하고. 아마도 이런 일을 끊임없이 반복하게 될 것이다. 물론 평생 마음에 담아두겠다고 다짐하는 소중한 시간과 기억도 있을 테고, 다시는 떠올리고 싶지 않은 순간도 있을 것이다. 모두가 그러하듯이.

이 진부함을 그대로 받아들이는 것이 결혼 생활을 현명하게 해 나가는 방법이라고 생각한다. 진부한 이야기가 거듭 되더라도 예비 신랑, 신부에게 결혼 생활을 잘하는 비법 두 가지를 전해주고자 한다.

하나, '고마워하는 마음'이다. 결혼과 함께 나의 온전한 분신으로 다가오는 상대방은 물론, 오늘의 이 사람을 있게 해준 모든 이들의 고마움을 기억하면 좋겠다. 부모님, 형제자매, 오늘날까지 함께해 준 모든 주변 분들. 그분들 덕에 오늘 신랑은 신부에게, 신부는 신랑에게 온전한 전부로 다가왔다. 고마운 분들을 잊지 않는다면, 결혼 생활에서 맞게 되는 어려움을 이기는 방법도 쉽게 찾을 수 있을 것이다.

조금 추상적이라면, 보다 구체적인 방법을 하나 더. '참는 것'이

손바닥만한 희망이라도

다. 내가 생각하는 결혼 생활을 잘하는 방법의 핵심, 요체, 주안
점은 바로 참는 것이다. 나도 참았기 때문에 오늘날까지 결혼 생
활을 유지해 올 수 있었고, 나름 행복하다고 느낀 시간이 훨씬
더 많았다고 생각한다.

문제는 '누가 참았느냐'인데… 형제들이 대략 아는 바와 같이
참아야 할 경우가 100번이었다면, 내 아내가 90번 이상을 참았
다. 잘 참는 아내, 잘 참는 남편을 선택한
남편과 아내는 정말로 복이 있다. 하지만
오래, 자주, 많이 참는 사람은 속병이 생
길 수 있으니 이 점
꼭 유념해야 한다.

결혼 생활. 신선함
과 기대로 시작하지만 진
부함과 상실감으로 뒤범벅이 된 하루하루를 보내는 것인지도 모
른다. 그러면 어떤가. 다들 그렇게 사는데. 진부함을 부인하지 말
고, 고마워하는 마음과 참는 마음을 키워보라. 만약 내가 오늘 전
하는 이야기를 기억한다면, 훗날 어떤 뜻에서 외삼촌이 그런 소리
를 했는지 느낄 때가 있을 것이다. 행복한 결혼 생활을 축원한다.

외삼촌 부부 씀

4 　　준자의
　　　낭만일기

4장은 저자가 온라인 가족 카페에 올렸던 글들 중에서 음식, 여행, 운동 관련 내용을 추린 것이다. 이해를 돕기 위해 글 쓴 날짜를 그대로 살렸다.

평양냉면의 참맛

2001년 8월 21일

오래전 리영희 선생이 쓴 글에서 읽은 대목이다. 정확히 기억나
지는 않지만 대략 이런 내용이었다.

냉면 집에 들어갔다. 종업원이 와서 물었다. "무슨 냉면 드시겠어요?"
"…?" "평양냉면이요, 함흥냉면이요?" 그제야 알아들은 나는 호통을
쳤다. "무슨 냉면이라니? 냉면은 한 가지뿐인데, 무슨 냉면이라니?"

이것은 내가 기억하는 애향심에 관한 이야기 가운데 최고라고
생각하는 글이다. 리영희 선생이 원한 냉면은 물론 평양냉면이다.
어제 L 형을 만나서 같이 저녁을 먹었다. 미식가로 분류돼도 지
나치지 않을 이 인사가 가자고 한 곳은 을지로 3가에 위치한 을지
○옥이라는 곳이었다.

L 형은 인터넷에서 찾아본 자료 가운데 평양냉면 전문가가 이 집 냉면을 두고 한 평이 있다면서 옮겨 읊었다. "을지○옥의 물냉면을 먹어보고 나니 이제까지 먹어본 물냉면은 모두 '물'이었다는 걸 깨달았다." 약간의 과장(혹은 상당한 과장)이 섞였으리라는 것을 알면서도 꽤 큰 기대를 품고 그 집을 찾았다.

저녁 6시 40분. 이른 시간이지만, 홀 안에는 상당히 많은 손님이 자리하고 있었다. 그들 가운데 대부분은 수육, 편육과 함께 술잔을 기울였고, 나머지 손님들은 이미 술을 다 마셨는지 냉면을 먹고 있었다. 특이하게도 이십 대는 찾아볼 수 없었다. 손님들 대부분은 술 탓인지 청력 탓인지 굉장히 크게 이야기하고 있었다.

먼저 불고기 2인분을 시켜 먹었다. L 형은 혼자 소주를 마셨다. 나는 이가 아픈 관계로 한 방울도 마시지 못했다. 우리는 구멍 뽕뽕 뚫린 불고기 철판과 그 철판 주위의 불고기 국물에 밥 비벼 먹던 어린 시절에 대해 이야기했다. 지금보다 더 맛있었을 가능성은 적지만 희소가치 때문인지, 기억의 윤색 때문인지 대화 속 '불고기 국물 비빔밥'은 최상의 맛이었다. 그 비빔밥을 만들어 먹고 싶은 생각도 있었지만, 냉면을 즐기기 위해 참았다.

큰 기대와 함께 냉면을 시켰다. 냉면이 나왔다. 한 그릇만 먼저 나왔다. L 형은 자신은 술을 먹고 있으니까 나보고 먼저 먹으라고 했다. 모양이 벌써 특이하다. 면발은 동그랗게 말아져 있지 않고,

국물 위에는 고춧가루가 솔솔 뿌려져 있다. 세 점의 고기 조각이 들어 있는데, 그 중 한 점은 하얀색이 도는 돼지고기 살코기였다.

나는 잠깐 멈칫한 후 그 고기를 옆의 접시에 덜어냈다. 그러면서 이야기했다. "어렸을 적 할머니가 해주시던 냉면에도 이 돼지고기를 넣었던 것 같다"고. 어제 그렇게 얘기했지만, 지금도 그게 사실인지 아닌지는 잘 모르겠다.

그러고 나서 국물을 한 모금 마셨다.

"어?"

익숙하지 않은 맛이다. 다른 냉면들처럼 달지 않고, 뭔가 조금 느끼한 맛이 있다. '돼지고기 때문인가?' 식초와 겨자를 넣었다. 다시 국물 맛을 봤다. 아까보다는 조금 나아졌다.

두 번째 냉면이 나왔다. L 형이 익숙한 포즈로 먼저 냉면 국물을 마셨다.

"어?"

"좀 느끼하지요?"

"엉."

그러더니 L 형은 평소와는 달리 식초와 겨자를 '듬뿍' 쳤다(평소 L 형은 식초와 겨자를 넣으면 그 냉면의 참맛을 알 수 없다고 주장해 왔다).

계속 냉면을 먹으며 다시 맛에 대해 이야기했다. 우리 둘은 평소에 많이 먹던 냉면 맛과, 오리지널 평양냉면이라는 이 집 냉면 맛은 사뭇 다르다는 데 의견의 일치를 보았다.

그러면서 L 형이 얘기했다. "내가 평양냉면으로 유명하다는 우○옥과 장○동평양면옥의 냉면을 먹어봤는데, 그 집 냉면들도 이 맛과 비슷했다. 그런데 이 맛들은 나한테 잘 맞지 않는 것 같다." 이어서 "나름대로 냉면 전문가라고 생각했는데, 제대로 된 평양냉면 맛을 모르고 있었던 것 같다"고 덧붙인 후, "고○○냉면 같은데 너무 익숙해져 있어서 그런가 보다"고도 했다.

나도 비슷한 의견을 피력했다. 더불어 회사 앞에 있는 유명한 평양냉면집인 평○옥의 냉면 맛도 이 집 냉면처럼 자극적이지 않다고 했다. 차이가 있다면 느끼한 맛이 거의 없다는 점이라고 덧붙였다.

그전에 내가 어머니와 함께 갔던 강서○옥에 대한 기억, L 형이 중학교 입시 때 면접장 다녀오다가 냉면 먹고 싶다고 했더니 어머니가 미끌미끌해서 안 된다고 하셨다던 기억,[*] 그리고 우리가 함께 찾던 진○개냉면 집을 이야기하며 냉면을 다 먹었다.

L 형의 결론은 다시 한 번 "나는 평양냉면의 참맛을 모른다"는 것이었다. 보통 사람 같으면 "냉면 전문가인 내가 먹어본 결과 어떻다 저떻다" 했을 법한데, 반대다. 리영희 선생을 모셔와서 '감별'

---

[*] 아마도 L 형이 대학입시 때는 냉면을 먹었던 모양이다. 3수를 했으니.

을 요청하고 싶었다. 하지만 그분과 친하지를 않아서….

카운터에서 계산하며 주인에게 물었다.

"점심시간에는 손님이 얼마나 많죠?"

여주인은 대답 대신 유리문에 써 붙인 글씨를 가리켰다.

'오신 순서대로 줄을 서주십시오.'

우리는 강요된 감탄과 함께 고개를 끄덕였다.

유리문을 밀고 나서며 나는 속으로 생각했다. 다음에 다시 한 번 올까, 말까?

준자표 깻잎 샌드위치

○○○

2013년 7월 26일

나는 빵을 좋아한다. 이건 아마도 가족력인 듯하다. 아내는 빵을 좋아하지 않았다. 떡을 좋아했다. 하지만 결혼 생활 20여 년만에 취향이 조금 바뀌어서 요즘은 빵도 잘 먹는다.

샌드위치는 케이크와 함께 내가 제일 좋아하는 빵류다. 요즘 샌드위치 신제품을 하나 '개발'했다. 우연히, 남은 음식 처리 차원에서 시도해 본 것이 우리 부부의 신메뉴가 되었다.

이름하여 '깻잎 샌드위치'. 조리법이다.

- 식빵 : 아무 종류나 관계없음. 기호에 따라 아주 살짝 구워도 된다.

- 참치 통조림 : 내용물을 마요네즈와 대충 버무리면 된다.

- 잼 : 아주 조금 바른다. 많이 바르면 단맛이 강해져 안 좋다.

- 달걀 프라이 : 노른자가 안 익으면 먹다가 흐를 위험이 있다.

손바닥만한 희망이라도

– 깻잎, 상추, 양파 : 이 셋을 모두 함께 넣어도 되고, 한 가지씩만 넣어도 되고, 두 가지만 넣어도 된다. 양파는 아침에는 조금 부담스럽다. 냄새 때문에.

나는 상추만 넣어 먹었는데, 아내를 위해 만든 깻잎 샌드위치를 먹어보고는 그 다음부터 상추와 함께 깻잎을 넣어 먹는다.

참치 통조림 대신에 닭고기 슬라이스를 넣거나, 감자를 얇게 부쳐서 몇 장 넣어도 된다. 닭고기 슬라이스나 감자를 넣을 때는 기호에 따라 케첩을 조금 곁들이면 괜찮다.

사진과 같이 완성되었다. 유행하던 방송 진행자 톤으로….
"샌드위치, 저도 참 좋아하는데요, 한번 먹어보겠습니다."

준자표 수제 고로케

〰〰〰〰〰〰〰〰〰〰〰〰〰〰〰〰〰

2013년 9월 8일

고로케를 영어로는 크로켓(croquette)으로 쓴다는 정도는 알고 있었지만, 일본 음식이라 생각했다. 서양의 유사한 요리가 일본에 넘어와서 활짝 꽃피었다가(카레 요리나 커틀릿처럼) 다시 서양으로 넘어간 줄 알았더니 원래 서양 요리인 모양이다.

일본 이자카야(선술집)에 가면 대부분의 가게 메뉴에 고로케가 있다. 그래서도 일본 음식인 줄 알았다. 우리 동네의 일본식 이자카야에도 고로케가 있다. 조그만 것 여섯 개에 무려 1만 5천 원이나 한다.

자, 지금부터 만들어본다.

1. 감자를 여러 개 삶아서 으깬다. 이때 밥을 조금 넣고 같이 으깬다. 이 단계까지 만든 음식을 나와 아내는 '쫀득이'라고 부른다. 밥이 들어가서 쫀득

거리기 때문이다. 이 쫀득이는 최근 우리 부부의 아침 주식으로 자리 잡았다. 소금과 후추로 대략 간을 한 후 마요네즈로 최종 간을 한다. 먹어보라. 너무 맛있어서 '쓰러질지' 모른다.

2. 이 쫀득이에 잘게 썬 당근과 잘게 썬 양파 약간량을 섞는다. 당근과 양파는 아무렇게나 썰면 된다. 함께 뒤섞으면 칼솜씨는 표도 나지 않는다.

3. 적당량을 주물럭거려서 조그만 감자 크기 덩어리를 만든 후 밀가루를 입힌다.

4. 계란과 빵가루를 준비해서, 계란을 입힌 후 빵가루를 묻힌다. 이 조몰락거리는 과정에서 손에 빵가루가 묻는 게 조금 귀찮다.

5. 튀긴다(정말 지글지글 소리가 난다). 타지 않게 잘 튀긴다. 튀기는 과정을 보노라면 '파블로프 반응'이 일어난다.

6. 완성! MSG가 전혀 들어가지 않고, 소금과 후추로만 간을 한 고로케 완성.

우리 동네 이자카야에서 거액을 주고 수차례 사먹은 후 이 정도라면 얼마든지 만들 수 있겠다 싶어서 직접 만들어보았다. 과정이 조금 번거롭기는 했으나, 어렵다는 생각은 들지 않았다. 맛? 아주 맛있다.

시간이 조금 걸리므로, 주말에 만들어 먹고, 대략 두 시간쯤은 걸어주는 것이 좋겠다. 탄수화물과 다량의 기름을 소화하기 위해서다.

잃어버린 박씨 집안 만두를 찾아서

2014년 1월 31일

내 가계의 뿌리는 한반도 서북 지역에 닿아 있다. 이 지역 대표 음식의 하나가 만두다(물론 빈대떡과 냉면도 있다). 그래서인지 나는 만두에 '환장'한다. 이 환장은 DNA 때문이라고까지 생각한다. DNA가 아닌 가족력이라고 바꿔 쓴다 해서 내 환장이 좋아함으로 바뀌지는 않는다.

이번 설 명절에는 만두를 만들어 먹으려고 생각했다. 생각을 실천에 옮기러 마트에 갔다. 이미 갈아놓은 소고기, 숙주나물, 두부, 그리고 만두피도 샀다. 모든 재료에 성분과 무게가 표시돼 있다.

할머니와 만두를 빚던 40년 전의 재료들과는 사뭇 다르다. 여기에 집 냉장고에 있던 배추

를 추가했다.

준비 과정은 의외로 간단했다. 숙주나물과 배추는 뜨거운 물에 데쳐서 잘게 썰고, 마늘·후추·양조간장 등을 양념으로 넣었다(파를 까먹고 안 넣었으나 먹어본 결과 대세에 지장 없었음). 내가 간단하다고 느낀 것은 이 과정 대부분을 아내가 했기 때문인지도 모르겠다.

그렇게 버무린 만두소*는 아래 첫 번째 사진과 같다. 그리고 만두피에 소를 얹어 만두를 빚었다. 만두피를 직접 만들지 않은 것이 이번 만두 프로젝트 성공 비결이었다.

아내의 DNA에는 '한반도 서북식 만두 빚기' 인자가 없다. 그녀의 DNA 인자는 '군만두'다. 아내가 어제 처음 빚었던 만두가 모자형이 아닌, 군만두식 반달형이었던 게 우연이 아닌지도 모른다.

---

* 요샌 모두 만두'속'이라 안 하고, 만두'소'라고 한다. 돼지고기를 넣어 만든 만두소. 이건 돼지인가, 소인가.

손바닥만한 희망이라도

아무튼 식탁 전체에 밀가루 풀풀 날리며 아내와 나는 만두를 빚었다. 만두소 준비부터 스무 개 정도의 만두를 빚는 데는 한 시간이 채 걸리지 않았다.

만두 빚기를 마친 우리는 바로 떡만둣국을 끓여 저녁을 준비했다. 요즘 파에 '꽂힌' 나는 떡국에는 파가 들어가지 않는다는 아내의 만류를 뿌리치고, 결국 파를 넣었다. 사진으로 보니, 파의 푸른 색이 밋밋한 화면에 생기를 불어넣는다.

완성된 만두는 속도, 맛도 그럴듯했다. 할머니 만두 맛의 기억은 이미 오래전에 사라져서 어제 만두와 비교해 볼 수 없지만, 먹을 수 있는 만두를 만든 것만으로도 어제 프로젝트는 성공이라고 자평했다.

10년쯤 전 어머니와 만두피를 밀다 손바닥이 간지러워(밀어보면 안다) 다시는 만두피를 밀지 말아야겠다 생각하던 기억. 아직도 미각에 남아 있을 정도로 강렬했던 초간장의 맛과 향.

다음번에는 오늘 남은 재료로 김치만두에도 도전해 봐야겠다.

손바닥만한 희망이라도

남이섬, 속과 성이 만나다

장바닥도 이런 장바닥이 없을 것 같다. 지난주 토요일 오후 다시 찾은 남이섬은 여전했다. 선착장에 내려 남이섬에 들어서니 돌아가는 배를 타려는 사람들이 2~3백 미터는 늘어서 있다. 단풍 사진을 찍으려는 사람들, 기우뚱거리는 초보 자전거 운전자들, 정신없이 뛰어다니는 아이들. 너무나 혼란스럽다.

음식점과 상가가 밀집해 있는 곳에 오니 혼란은 극에 달한다. 한 발로 타는 전기차까지 도처에서 나타나 사람과 자전거, 전기차가 뒤엉킨다. 즐겁지 않으면 큰일 날 것처럼 떠드는 사람들 때문에 정신이 하나도 없다. 세일하는 백화점, 명절의 남대문시장, 경동시장도 저리 가라다. 혼란스런 모습을 촬영하기 위해 일부러 연출하는 듯한 느낌마저 든다.

이 좁은 섬에 웬 사람이 이리 많은가. 이런 도떼기시장에 뭐하러 왔나 하는 후회가 생긴다. 휴일 낮 남이섬은 이렇게 세상 어느 곳보다 속(俗)스럽다. 이것이 전부라면 남이섬에 다시 오지 않았을 거다.

어느 것이 진짜인지 모르겠지만, 남이섬의 밤은 낮의 모습과는 완전히 다르다. 해가 떨어진 남이섬. 바로 이거다. 이것 때문에 남이섬에 다시 오게 된다. 해가 완전히 넘어간 8시 반쯤, 섬 안의 유일한 숙박 시설인 호텔에서 선착장으로 걸어가 본다. 호젓함의 극한을 느낄 수 있다. 한낮의 소란스러움은 꿈이었던가. 이 큰 섬에 나 혼자 있다니.

높이를 짐작하기 어렵게 위로 솟은 메타세쿼이아 길. 드문드문 나무 밑둥에 세워진 조명 몇 개만이 여기가 사람 사는 섬이라고 말한다. 불빛 밝힌 상가는 그 불빛 때문에 고립감을 키운다. 섬 안의 섬 같다. 양쪽으로 줄지어 늘어선 남이섬의 주 도로, 전나무 숲길. 아무도 없는 캄캄한 밤의 전나무 숲길을 걷기 위해 남이섬에 온다.

선착장. 돌아가는 배를 기다리는 사람들 몇이 서성이고 있다. 한낮의 그 많던 사람들은 어디로 갔나. 하늘을 날아다니던 새들이 밤에 어디로 가는지 나는 모른다. 그 새들처럼 짹짹거리던 그 사람들은 다 어디로 갔나.

방에 TV가 없는 호텔로 다시 돌아가는 전나무 숲길. 혼자라는 느낌이 슬픔과 기쁨의 극단적인 두 가지 감정으로 다가온다. 밑둥을 밝히는 전등 불빛이 등대 불빛 같다. 저 불빛이 없었으면 무서워서 밤길을 나서지 못했겠다.

아무도 없는 듯한 섬. 혼자 걷는 숲길. 남이섬 밤은 세상 어느 곳보다 성(聖)스럽다.

새벽 3시 반. 별을 보기 위해 호텔을 나섰다. 흐린 탓에 별이 전혀 보이지 않는다. 지난번 왔을 때도 새벽에 별 구경 하려다 내처 자서 구경을 못했는데, 오늘은 구름 때문에 또 별을 못 보게 되었다. 밤공기가 싸아하다. 사위는 캄캄하다. 혼자라는 느낌. 그 느낌이 머릿속에 가득 차 있는 무언가를 깨끗이 씻어내 버리는 듯하다. 괜스런 걱정, 쓸데없는 생각, 부질없는 욕심. 참 많이도 담고 산다. 잠깐이지만, 비워내니 후련하다.

아침 6시 반. 여명과 안개 속을 걷자니 밤의 고요와는 다른 느낌이 다가온다. 조용하면서도 무언가 충만한 느낌이다.

선착장. 건너편 선착장에서 첫 배가 떠난다. 7시 반이다. 상륙 작전하는 군인들처럼, 엄청난 인파가 배에서 쏟아진다. 가슴에는 모두 커다란 렌즈가 달린 카메라를 하나씩 매고 있다. 단풍을 찍으러 온 사람들이다. 다시 남이섬은 성에서 속으로 탈바꿈한다.

호텔로 돌아가는 전나무 숲길. 양옆, 앞뒤로 사람 소리가 요란하다. 섬을 떠날 시간이 얼마 남지 않은 모양이다.

알프스, 별이 빛나는 밤에

~~~~~~

<div align="right">2011년 11월 13일</div>

1997년, 남동생네 부부와 스위스 융프라우 가는 길에 인터라켄에서 숙박을 했다. 내 희망은 별을 보는 것이었다. 알프스 밑자락이라고 하니, 얼마나 많은 별을 볼 수 있을까 하며 기대에 들떴다. 그때 묵은 곳은 인터라켄의 야영장이었는데, 별에 대한 기대는 충족되지 못했다. 야영장 내 군데군데 켜진 가로등과 숙소의 불빛 때문인 듯했다. 물론 서울 시내에서 보던 별보다는 훨씬 많았지만.

융프라우로 가는 도중 우리 부부는 뮈렌이라는 곳에 내렸다. 작은 호텔 커피숍에서 커피를 마시며 그 동네를 훑어보았다. 크지 않은 4~5층 규모의 호텔들 창가에는 꽃이 있고, 그 창으로는 알프스의 연봉이 바라다보였다. 호텔과 알프스산맥을 번갈아 보며, 다음에 오면 꼭 저곳에서 숙박해야겠다고 생각했다.

그 후 별에 대한 기억은 점점 희미해져 갔다. 온갖 잡스런 일상

손바닥만한 희망이라도

이 내 머리 위에서 해처럼 빛났으니까.

결혼 20주년이 되던 2009년 우리 부부는 다시 스위스를 찾았다. 아내도 나름 이유가 있었겠으나, 내가 스위스를 찾은 이유는 뮈렌과 별 때문이었다(돈 주고도 보기 어려운 게 별이다).

6월 말이니까, 한여름이었지만 산골 마을 뮈렌은 서늘했다. 호텔 2층 방 창문을 여니, "아!" 하는 탄성이 저절로 나왔다. 거대한 바위 암벽이 눈앞을 가로막고 서 있는 것이다. 답답함이 아니라, 압도됨에서 나오는 탄성이었다. 바로 눈앞의 거대한 암벽이 융프라우를 가리고 있었다. 융프라우의 머리는 구름에 가려 보였다 안 보였다를 반복했다. 왼쪽으로는 악벽으로 소문난 아이거가 위용을 뽐내고 있었다.

뮈렌 마을에서 케이블카를 타고 올라가면 실트호른이라는 전망대가 나온다. 한 3천 미터쯤 된다. 우리는 그 전망대에서 밖으로 나가 벤치에 앉았다. 바람은 서늘했지만 햇살은 따뜻했다. 영화 〈사운드 오브 뮤직〉에서 마리아가 노래 부르는 산자락 같은 곳이다. 푸른 잔디가 펼쳐져 있고, 군데군데 나무 벤치가 있다. 건너편에는 거대한 알프스가 개미같이 조그만 인간을 내려다보고 있다.

다시 마을로 내려와서 걸어다녀 보니 이 마을에는 차가 없는 듯하다. 마을 공사용으로 다니는 트럭을 제외하고는 주민들이 타는 승용차가 안 보인다. 대중교통도 물론 없다. 차 없는 세상. 나는 딴 세상에 와 있었다.

공교롭게도 그날은 내 생일이었다. 나는 알프스를 바라보며 저녁을 먹었다. 퐁뒤. 엄청나게 많은 양을 먹느라 고생했다. 호텔 식당 아줌마는 계속 퐁뒤에 대해 설명을 했고.

피곤한 탓에 일찍 잠이 들었다. 별 생각에 잠을 깬 것은 새벽 2시쯤이었다. 방 베란다에서 밖을 보니 잘 보이지 않았다. 옷을 챙겨 입고 호텔 밖으로 나섰다. 밤공기가 선득했다.

그리고 별….

머릿속, 마음속에 가득 차 있는 정체 모를 많은 것들이 사라지는 느낌을 받았다. 거룩함에 도달하기 전 정화(淨化) 단계를 거치는 느낌이었다. 뭘 그렇게 많이 채우고 살았는지.

은하수라는 것을 20여 년 만에 보았다. 대학 2학년 때 군 부대에 전방집체교육이라는 것을 들어가서 보았던 밤하늘. 무수히 많은 별들이 강물처럼 흘렀다. 그 옛날에는 별이 얼마나 더 잘 보였을까. 상상력은 얼마나 커졌을까. 신화의 세계가 별과 맞닿아 있는 것은 너무나 당연한 일이리라.

그 후 기억에만 남아 있던 은하수가 머리 위에 흘러간다. 잔별들이 사라지고 컴컴해 보이는 곳을 한동안 바라보았다. 낮에 보았던 거벽이 하늘을 가리고 있었다.

손바닥만한 희망이라도

여름밤이지만 날씨가 차게 느껴졌다. 30분쯤이나 별 구경을 했나. 추워서 호텔로 들어가려는데, 문이… 잠겨 있는 거다. 호텔 현관문도 자동으로 닫힌다는 걸 몰랐다. 벨을 눌러보았지만, 응답이 없다. 워낙 작은 호텔이라 밤에는 문을 닫아걸고, 직원도 모두 자는 모양이다. 시간은 새벽 3시쯤. 별 생각은 사라지고, 별별 생각이 다 들었다. 저녁을 먹었던 그 테이블에 쪼그려 앉았다. 춥다. 여름밤이.

30여 분 후, 남편이 사라진 걸 알고 잠을 깬 아내가 베란다에 나와 두리번거렸다. 덕분에 나는 한여름밤 동사(凍死) 위기에서 탈출할 수 있었다.

몇 년 전 뮈렌에서 별을 보며 비웠던 자리는 또다시 뭔가로 가득 찼다. 나는 또 별이 보고 싶다.

학이시습지 불역열호

2007년 7월 15일

동네 수영장에서 수영을 배우기 시작했다. 모든 운동이 그렇듯 수영도 나이를 먹을수록 배우기 어려운 모양이다. 지난 두 주일은 그 단순한 사실을 온몸으로 실감한 기간이었다.

나름대로 열심히 했다. 한 주일에 네 번씩 하는 수업을 두 주일 동안 한 번도 빠지지 않았다. 새벽 6시 수업인데 말이다. 뿐만 아니라 수업이 없는 날에는 혼자서 자유 수영도 했다. 학습 속도가 내 마음에 안 들지만, 그래도 진보가 없는 건 아니었다. 첫날 물에 전혀 뜨지도 못하고, 물장구를 어떻게 치는지도 몰랐던 것에 비하면 확실한 진보가 있었다.

오늘 자유 수영 중에 25미터 수영장을 한 번도 쉬지 않고 건너는 '쾌거'를 이룩했다. 킥판을 잡고 이룬 성과지만 말이다. 내가 물에서 허우적거리고, 물을 퍼마시는 모습을 본 아내는 몹시 기뻐했다. 자신이 나보다 더 잘하는 것이 있음에 기쁨을 주체할 수 없었나 보다. 아내를 기쁘게 하는 일이 이렇게 쉬운 줄 미리 알았더라면….

하지만 나는 전혀 실망하거나 위축되지 않는다. 공자 말씀을 믿기 때문이다.

자왈, 학이시습지면 불역열호아
(子曰, 學而時習之, 不亦說乎)
배우고 때때로 익히면 또한 기쁘지 않겠느냐.[*]

이 구절의 '익힌다'는 뜻의 '습(習)'에 대하여 주자학을 완성한 주자 선생은 이렇게 설명했다.

습, 조삭비야. 학지불이, 여조삭비야
(習, 鳥數飛也. 學之不已, 如鳥數飛也)
연습은 새가 하늘을 나는 것과 같이 하면 된다. 열심히 공부하여 멈추지 말라. 그리하면 날기를 반복한 새가 마침내 하늘을 (훨훨) 날 듯

---

[*] 주희, 한상갑 역,《사서집주1:논어·중용》, 삼성출판사, 1984년. '학이(學而) 편' 중에서.

손바닥만한 희망이라도

이 할 수 있을 것이다.*

수영을 열심히 하면 몸무게도 조금 줄어들 것으로 기대한다. 만약 수영을 열심히 했는데도 몸무게가 줄지 않는다면, 그건 아마도 수영장 물을 너무 많이 마셔댄 탓일 게다.

* 한글 번역은 내가 설명을 위해 의역한 것이다.

부록 내 사랑
내 곁에

부록은 이십 대 후반의 저자가 당시 여자친구(지금의 아내)에게 보
낸 편지들 중 몇 편을 추린 것이다. 맞춤법은 현재 기준에 따르되,
현지의 생생한 느낌을 전달하고자 일부 구어체는 그대로 두었다.

결혼 후 나는 아내의 짐 속에서 수상한(?) 앨범을 발견했다.

두 권의 두터운 앨범 안에는

5년 넘는 연애 기간 동안 내가 아내에게 보낸 편지와

카드 등이 차곡차곡 쌓여 있었다.

앨범 속 편지들에도 시간은 어김없이 스며들었다.

색 바랜 편지들을 바라보자니 함께해 온

30여 년의 세월이 주마등처럼 스쳐간다.

내가 그림을 열심히 그리고 있을 때 엄마가 들어오셨다.

"뭐하는 거냐?"

"보면 몰라요? 그림 그리잖아요."

"무슨 그림이냐?"

"있어요, 이상한 애."

"이게 누시아냐?"

"응."

"할일두 끔찍이두 없다."

사진을 뒤집으셨다. 그리고 열심히 읽으셨다.

"한자로 썼는데 읽으실 수 있어요?"

"으휴, 이 자식아!"

그러고는 담배를 가리키시며

"이거 어디서 났냐?"

"생겼어요."

"밖에 나가서 피우지 마라."

1984년 7월 14일
14시간 전보다 무한히 즐거워진 아침에
오층 한구석에서 승준

추신. 우리 엄마는 '루시아(편집자 주-가톨릭 세례명)'라고 발음을 못 하심. 그래서 항상 '누시아'가 됨.

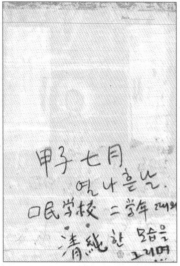

아내의 어릴 적 사진을 보고 따라 그렸다. 원본은 흑백이었는데, 내가 컬러로 살려냈다. 요즘 같은 디지털 복원 기술이 아니라 순수 아날로그 복원 기술이다.

Date_____._____.____

사랑이란…
love is…

… letting him have
a lock of your hair.
…그이에게 당신의
머리카락 한줌을
갖게 하는 것.

〈킴 카잘리 作〉

이 편지를 받는 즉시, 머리카락 한 줌을
자를 것. 그리고 그것을 종이에 싸서
지갑이나 수첩 안에 넣어 둘 것.

'84. 6. 20 (기수)

"사랑이란… 그이에게 당신의 머리카락 한 줌을 갖게 하는 것", "사랑이란… 그이를 언제
나 구박만 하지는 않는 것". 가끔은 카툰을 통해 마음을 전하기도 했다. 당시 한 일간지에
연재 중이던 킴 카잘리의 〈사랑이란…〉 시리즈를 애용했다.

사랑하는 정○에게

전해준 선물 큰 기쁨 속에 받았습니다.

늦었지만 지금 이 편지를 통해서나마 고맙다는 마음 전합니다.

(새삼스럽기는 하지만) 편지지, 봉투, 우표, 캐러멜, 사탕, 초콜릿, 담배, 디스크,

그 모든 것에 대해 감사하는 마음을. 또한 오늘 즐겁게 해준 데 대해서도.

사랑하는 나의 정○, 이렇게 다시 쓰지 않아도 잘 알 줄 알지만

그냥 자꾸 불러보고 싶어서 또 적습니다. 우리가 농담하는 것처럼

입에 침도 안 바르고 하는 이야기가 아닙니다.

이것은 현재의 나의 솔직한 심정이며, 이 순간의 진실입니다.

뿐만 아니라 과거부터 현재까지 이어져온 현재완료 계속형이며,

앞으로도 이어질 미래진행형입니다.

물론 많은 노력과 서로의 희생이 필요하겠지만 말입니다.

끝으로 부탁하고 싶은 말이 있습니다.

내가 너무 바보 같고 성질도 이상하지만, 정○가 나를 계속 이뻐해 주고

잘해주면 나도 정상인(?)이 될 수 있을 거라고 생각합니다.

그것이 신이 인간을 반쪽씩으로 만든 이유가 아닐까 합니다.

부탁이 뭔지 똑똑한 정○는 잘 알아들었으리라 믿습니다.

부담주려고 쓴 얘기는 아닙니다. 지금처럼 '구박'만 받아도 좋지만

좀더 좋은 방법이 있을 것 같아 써본 겁니다.

똑똑하고 착한 나의 정○는 십분 이해하리라고 믿습니다.

정말 끝으로, 편지 중에 상냥하지 못하고 무례한 점이 있었다면

너그러운 마음으로 용서해 주기 바랍니다.

1985년 9월 4일

한없이 정○를 사랑하는 멀대가 썼습니다

혼자라는 생각이 들 때면
왠지 더 보고 싶어지는 나의 정○에게

방금 숙제를 마쳤다.
마치고 나서 과연 내가 이 정도밖에 안 되는 걸 가지고
이렇게 낑낑댔나 싶어서 왠지 모르게 서글퍼진다.
잠 못 자고 담배만 연신 피워서 얼굴은 시커멓게 죽고.
그러고도 내일 수업 부담이 남아 있고.
게다가 앞으로 얼마나 더 이렇게 해야 되나 생각을 하면….

나는 지금 배 깔고 엎드려서 편지 쓴다.
어떤 모습일지 궁금해할까 봐 그림을 그리려고 한다.
설사 관심도 없고 궁금하지 않았더라도, 다음에 만나서
"혼자 놀지 뭐하러 나는 끌어들이냐?"고는 말하지 않으리라 생각한다.
그림은 이렇다.

그림을 그리고 나니까 우울한 기분이 조금 가셨다.
많이는 아니고 조금.
그럼 목요일까지 밥 많이, 잠 많이, 운동 그리고 공부 많이
먹고, 자고, 하고, 하고
잘 지내라. 안녕!

                                    1985년 9월 23일 새벽 4시 40분 승준

추신. 화장해도 괜찮아. 구박 안 할 테니까(굳이 화장하란 말도 아니다).

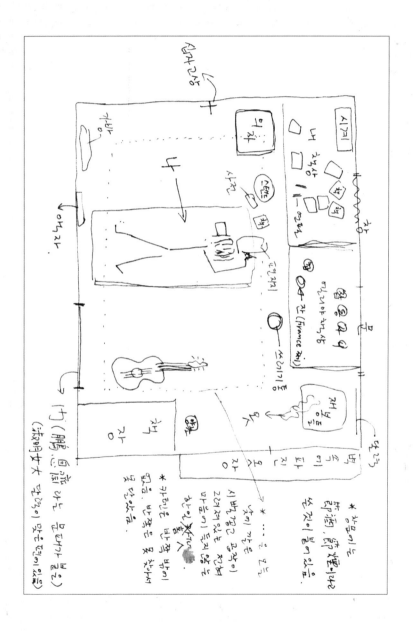

Date

Prologue

원래 意圖는 每日 한통씩 쓰려고 했던 건데 時間이
부족하게 돼서 뜻대로 안됐다. 편지에 쓴 날짜에
얽매이지 말고 그냥 Series로 읽어라.
便紙할 수 있는대로 를 편지함에다. 이건 짓거리가
있어야끼 작은 기쁨이 될수 있거든.
毎日 받은 즘 섭섭하더라도 그냥 지거라. 來年에는 이렇게
좀더 번화질 수 있겠지. 모쪼록 탈없이 먹고 健康하고.
몸치나 아버지 속 썩이지 말고 속 썩이면 건히 이상한
소리 나온데니까.
이리 많은 틈 아까하는 것 같아서 그만 쓴다.

'86. 3. 3. 0시 30分.

스물일곱 살의 이등병, 당시로서는 몹시 늦은 나이였다. 대학도 졸업한 여자친구를 두고
입대할 때의 심정이란···. 나는 나의 빈자리를 메울 심산으로 미리 편지를 써놓은 다음, 친
구한테 우편으로 부쳐달라고 부탁했다. 위 사진은 첫 번째 편지와 함께 넣은 프롤로그.

(정○가 1986년 3월 4일에 받을 편지)

네가 전에 나에게 보내준 편지와 카드들을 쭉 읽어보았다.
13통의 편지와 카드. 83년도에 네가 처음으로 보냈던(흑심을 품고)
카드에서부터 86년 발렌타인데이에 보낸 완쾌를 비는 카드까지.
이런 때 생각나는 기억과 느껴지는 정성을 주마등 같다고 하던가?
만감의 교차까지는 아니어도 참 많은 생각이 들었다.
좋았던 일, 언짢았던 일, 전혀 뜻밖의 네 행동, 잘난 척하는 네 모습 등등.
그러고 보면 언젠가 네가 말했던 대로 2년여라는 시간이 얼마나 엄청나게
긴 시간이었나를 새삼 느끼게 된다. 한편으로는 그보다 더 오랜 시간을
헤어져 있어야 한다는 생각도 들어서 착잡하다. 답답하기도 하고.
그 무엇보다 앞서는 것은 미안함이다.
이런 감정을 느끼지 않도록 내가 더 잘했어야 하는데.
그리고 이렇게 오래 헤어져 있을 줄 알았다면 정말 더 잘해주었을 텐데.
이건 다 나의 솔직한 심정이다. 그렇지만 어쩌겠나.
신이 인간을 실수하도록 만들고, 그러고는 후회하도록 만들어놓고,
또 그걸 잊어버리고 같은 행위를 반복하도록 만들어놓은걸.
인간이 할 수 있는 건 그 실수의 횟수와 크기를 줄이고,
같은 실수를 되풀이하지 않으려고 노력하는 정도에 불과한걸.
그래서 이제 무기력하고 무능력한(현재로서는!) 내가 할 수 있는 건
정○ 양의 양식 있고 품위 있는 행동과 지성인다운 사고에
의지하는 일뿐이다.
또한 우리가 함께 느꼈던 감정의 매듭이 풀리지 않고,
같이했던 시간에 대한 추억의 사슬이 끊어지지 않기를
기대해 보는 것뿐이다.

승준

Season's Greetings

J애 한 해가 다 저물었읍니다.

아직 이렇게 살아 있읍니다. 정확히 150일 후면
自由의 몸이 됩니다. 그렇게 그렇게 明暗이 흐른 모양입니다.
다른 사람들이 모두 찾았는데 혼자 변하지 않았다는
事實에 새삼 두려움을 느끼면서도 希望을 간직해 봅니다.
갈수록 새해는 뜻○가 願하는 대로 모든 일이 되어지길
祈願합니다. 健康하길 … . J애 12. 22 勝發

입대 1년여 만에 '여자친구가 고무신 거꾸로 신는 사태' 발발. 그러나 쿨하게 놓아준 파랑
새는 내 곁에 다시 돌아왔다(연하장과 편지로 미루어보건대, 실제로는 징징대며 매달렸을
확률이 매우 높지만). 비슷한 처지의 인생 후배들에게 한마디. "놓아주라. 인연이면 돌아
올 거고, 돌아오지 않으면… 인연이 아닌 거다."

정○에게

닿가울 리 없다는 걸 잘 알지만 꼭 전하고 싶어서 이렇게 편지 쓴다.
2년 전 3월에 도저히 올 것 같지 않던 88년 5월이 보름도 안 남았다.
내가 다시 자유를 얻는 팔팔년 봄이 온 거다.
무능력한—나는 아직도 그렇게 느끼질 못하고 있어서 문제지만—
대한민국 남성이 인생에서 몇 번 안 되게 겪는 기쁜 일 중의 하나다.
보통 사람인 내게도 예외는 아니고. 5월 26일이 다시 자유를 얻는 날이다.
제복과 단체 생활로부터 벗어나 탁한 서울의 공기를 신선하게 느낄 날이다.
2년 전 생각으로는 2년 3개월이 짧지 않은 시간이지만
—무한히 길게 느낀 사람도 있었지?!— 그리 긴 시간도 아니기에
변화가 없으리라고 여겼는데 그렇지도 않았다.
내 조카가 하나 더 늘었고, 내 동생이 공부한다고 물 건너 가버렸고,
우리 가족이 마당에 목련이 두 그루나 있고
담장에 넝쿨장미 우거지는 집으로 이사를 했고, 또 그리고
파랑새가 날아가 버렸고.
살아 숨쉬고 있다는 소식은 알고 있다. 그리고 내가 도저히 건널 수 없는
스틱스(Styx)를 아직은 파랑새가 건너가 버리지 않았다는 사실도.
나가서 빠른 시일 내에 꼭 한번 보고 싶다.
내 마음과 정신 속에 무려 5년이나 자리하고 있는 사람이니까.
길게 쓰지 않으려고 했는데 괜히 길어졌다. 미안하다.
그럴 리 없겠지만, 답장을 한 장쯤 보내주면…. 건강해라. 샬롬.

1988년 4월 17일 승준

추신. 보고 싶다, 많이많이.

마치며

바둑 이야기로 이 책을 시작하게 되리라고는 생각해 본 적 없다. 그런데 그리되었다. 모든 일이 계획대로, 희망하는 대로 이뤄져나가는 삶이 과연 있을까. 바둑 이야기로 책을 끝맺으리라고도 생각해 본 적 없다. 그런데 그렇게 해야겠다. 한 가지쯤은 내 맘대로 해도 될 나이 아닌가.

바둑을 잘 두지 못하면서도 바둑과 프로 기사들에게 끊임없이 관심을 가져왔다. 이유? 모르겠다. 그냥 어떤 끈이 나를 그렇게 얽어맨 것이 아닌가 한다. 삶의 순간순간 고비고비마다 맺어진 매듭이 그냥 그렇게 맺어진 것처럼. 모든 것을 어떤 존재의 섭리로 해석하려는 사람들에게는 당황스럽고 황당한 이야기일 수도 있겠다. 카페에서 모차르트의 클라리넷 협주곡 2악장이 나온다. 언제

들어도 평화롭고, 언제 들어도 슬프다.

인생이 한 판의 바둑이라면 이런 바둑을 두고 싶었다.

오타케 히데오의 아름다운 바둑.

조훈현의 바람처럼 행마가 빠른 바둑.

전투만큼은 누구에게도 지지 않는 유창혁의 바둑.

넓이와 깊이를 헤아릴 수 없는

다케미야 마사키의 우주류(宇宙流) 같은 바둑.

한 치의 오차도 없는 이창호의 바둑.

오청원의 흑도 백도 아닌, 조화(調和)….

그런 바둑을 두고 싶었다.

하지만 나는 모르겠다, 내 바둑이 어떤 바둑이었는지.

굳이 지금 알아야 할 이유도 모르겠다.

최악은 아니지만 훌륭하다고도 하기 어려운 한 판의 바둑을 두고 있다. 지금 이 순간, 나에게 도움을 준 고마운 사람들보다 나를 속이려 했고 또 속인 나쁜 사람들, 나를 힘들게 한 사람들이 생각나는 것은 왜일까. 그래 봤자 하나의 수일 뿐이다. 기껏 중요하게 평가해 봤자 361개의 수 가운데 하나에 불과한 것. 그 하나의 수 때문에 바둑 전체를 망칠 수야 없지 않은가.

우상귀에 열한 집, 좌변에 일곱 집…. 패를 걸어 판세 전체를 뒤흔들고 싶은 마음이 없는 걸 보니, 완전 비세(非勢)인 바둑은 아닌 모양이다. 지금 욕심 같아서는 좌하귀와 우변에 가일수를 하고 싶지만 손을 빼기 어렵다. 아니다, 그것들은 뒤로 미뤄도 되겠다. 우선 눈앞에 닥친 168번째 수를 어디에 둘지 그것만 열심히 생각해 봐야겠다.

익히 잘 아는 베토벤의 교향곡이 흘러나온다. 일부러 선택한 곡 같다. 살다 보면 이럴 때도 있다.